艾琳・杭特(Erin Hunter) 著
古倫 譯

WARRIORS

貓戰士

荒野手冊之III

守則解密

Code of the Clans

晨星出版

特別感謝圖伊・蘇斯蘭

獻給希德，因為她愛貓；也獻給麗貝卡，因為我相信她也會愛貓

目錄

部族的起源

在很久很久以前，有一群貓進入曠野邊緣的森林。其中有一些貓是寵物貓，他們早就計劃好要逃離主人的後院，出門探險；有一些貓則是在野外生活，他們被那些能在禿葉季的寒夜狩獵、自己尋找躲避處的貓所撫養長大。

一條湍急的河流圍繞著森林邊緣奔騰而過，樹林是這群貓兒的生存之地。

這裡有足夠的躲避處，也有足夠的獵物。每隻貓都可以自由自在地在樹上、沼澤地、或是漁獲豐富的小河裡尋找食物。群貓依據他們對獵物的偏好與捕獵方式劃分領地居住。

愛吃魚的貓居住在靠近河流最近的地方，將窩蓋在蘆葦叢中與柳樹扭曲的根中；愛吃老鼠的貓則留在茂密的樹林區，因為他們擅長在交錯縱橫的灌木叢中跳躍；愛吃松鼠的貓則移動到稀疏的林地，在那裡學習爬樹，他們捕獵的敏捷身手訓練得比獵物動作更快；而那些行動靈巧，對蛇和蜥蜴有興趣，能在沼澤地上抓住獵物的貓，巢穴選在起伏的松林與翠綠的草地間。

一開始，這塊大領地並沒有劃分邊界，貓群各自在自己的領地捕獵生活，只有追逐獵物時才會相遇。大家偶爾會因為搶奪同一隻獵物而產生衝突，又或是同一處適合做為巢穴的領地而爭執，但是貓群間大規模的戰鬥從未發生過。

可是到了某一些時間，獵物逐漸越來越少，每個狩獵的領地都會有許多嗷嗷待哺的嘴，許多身體需要遮風避雨。於是戰爭爆發了，起初爭鬥只發生在幾隻貓之間，而後爭鬥規模卻越來越壯烈，直到發展成不同狩獵領地的貓群交戰，為了生存而戰的意義不只是為了自己的利益，還有那些在同一塊領地生存的貓夥伴。

在一場可怕的戰爭中，四喬木下方的土地血流成河，那些死去的靈魂隨即向各領地最強的貓——風、河、雷、影、天祈求和平。

這五隻最強大的貓向他們逝去的夥伴發誓，將會尋找出解決戰爭的辦法，共同努力在自己的領地生存而不侵犯他者，以便迎接一代又一代的貓到來。

開啟部族時代……

戰士守則

1. 保護你的族貓，不惜犧牲性命。你可以跟其他部族的貓維持友誼，但你必須對你的部族效忠，就算他日必須在戰場上跟他們作戰。
2. 禁止侵入其他部族的領域，更不准進入狩獵。
3. 見習生與戰士必須先餵飽長老與小貓。在沒有為長老獵得食物之前，除非獲得許可，否則見習生是不准進食的。
4. 只能為進食而獵殺獵物。感謝星族賜予你食物。
5. 小貓至少要滿六個月才能成為見習生。
6. 剛獲得任命的貓戰士，在得到他們的戰士名後，必須禁語守夜一晚。
7. 戰士必須至少指導過一個見習生，才有資格擔任副手。
8. 當族長死亡或退休，副手便可以繼任為一族之領袖。
9. 若副手身亡或退休，則必須在月亮當空前選出新任的副手。
10. 四族聚會於滿月時舉行，當天各族必須休戰直到晚上。此時，各族之間不准有爭鬥發生。
11. 每天都必須檢查並在邊界留下記號。向所有入侵的貓挑戰。
12. 所有戰士都必須拯救受傷或陷入危險的小貓，無論他是哪一族的。
13. 族長的話，就是戰士守則。
14. 值得尊敬的貓戰士，不必在戰爭中奪取敵貓的性命，除非他們違背戰士守則，或是出於正當防衛。
15. 戰士拒絕過寵物貓那種輕鬆優渥的生活。

歡迎

你好，火星告訴我你今天會過來參觀，請進吧！小心入口處的荊棘叢，這個溫暖的季節雨水也多，會讓荊棘生長得更茂密。

喔，抱歉，那一枝荊棘勾到你的皮毛了嗎？如果你被劃傷了，我那裡有一些金盞花葉子可以敷傷。沒被勾到？太好了。

哦，我忘了自我介紹了，我是雷族的巫醫——葉池，不過我想你知道我是誰，對吧？我都快忘記，即使是在寵物貓和獨行貓之間，我們雷族也是赫赫有名的。

隨意坐一個你最舒適的姿勢吧，我們會聊上好一陣子呢。

火星說，你想瞭解戰士守則。我能看得出來，對於像你這種生長在部族之外的貓來說，它具有很大的吸引力。

你是否覺得我們的生活受到了古老規則的嚴格控制？相對而言，你們的生活一定更自由自在。你們可以想狩獵就狩獵，抓到獵物就吃，不管在何處都能依據自己的喜好來交友或樹敵，而不受任何強加於你們的忠誠和責任所限制。

我能夠從你閃爍的目光中看到同情，你認為戰士守則就像是荊棘叢般纏繞著我們的部族、領地和天上的祖靈，它束縛著我們。

但事實上，遵守戰士守則並沒有你想像中的這麼糟。要是你出生在它的規範生活內，要是你從蹣跚學步時就開始理解它，那麼對你來說，遵守戰士守則就像呼吸一樣簡單。

你都只為自己狩獵，對吧？但你有想過，萬一你受傷或生病了該怎麼辦呢？在部族裡，最強壯的貓——也就是戰士——能為所有的貓狩獵，直到他們的鬍鬚變白、步履蹣跚時，又會有新繼任的戰士為他們服務，這些年老的戰士最後會步入星族，然後又如同年輕時般，能在天上追逐獵物。

你一直以為部族之間只有仇恨和戰爭，也許沒錯，但你忽略了一點。我們因為和其他部族貓生活得太靠近，容易造成緊張的氣氛，但我們也會團結起來，共同抵禦外敵。

你聽說過獾的襲擊，對吧？

要不是風族趕過來幫助我們，雷族早就被毀滅了。當我們被迫離開森林，四族成功地完成大遷移的旅程，試想如果換成哪個單一部族，也許貓兒在路上不是被餓死就是被凍死吧。

成為部族的一員，意味著你可以相信你永遠不孤單。部族的生命環繞著你，並且永無止盡地延續下去。

你追尋著那些早你幾個月出生的部族貓的腳印，而比你晚出生的貓又繼續依照你留下的步伐前進。你永遠都是部族的一份子，即使當你走入群星之中，加入祖靈的行列。

你還是聽不太懂嗎？沒關係，慢慢來，我會告訴你每條戰士守則是怎麼來的。

不，我不是要自言自語般的說故事，我會帶你穿越時光，到過去旅行，穿越一代又一代的貓兒生命，了解那些已成為星光貓的吉光片羽。

每一條戰士守則都源自於部族的日常生活，用來確保每隻貓從出生起，都能獲得妥善的扶養與照顧，這就好像即使是在空地周圍的裸露峭壁上，也有草木生長一樣。

我們繼續前進吧，造訪那些腳印剛剛離開森林地面的祖靈貓。

你將會看到，當戰士守則只是一種善意的力量，只為了讓四族獲得保護，維持四族間的平衡時，許多貓便會想挑戰它——因為它能帶來個體間的可怕衝突。

透過戰士守則，我希望你能像我們瞭解自己一樣，開始理解我們，然後對我們做出正確的評價。

準備好了嗎？那就讓我們開始第一條戰士守則吧……

戰士守則一

保護你的族貓，不惜犧牲性命。你可以跟其他部族的貓維持友誼，但你必須對你的部族效忠，就算他日必須在戰場上跟他們作戰。

曾經有一段時間，貓群可以跟來自其他部族的結為朋友，這很難想像，對吧？噢，我比絕大部分的貓都更深刻地體會愛上其他部族貓的痛楚——因為我知道自己的族貓更需要我，而我必須遵循戰士守則，所以不得不回來。

跟我走吧，讓我告訴你麥鬚和雲莓的可悲命運吧。雖然這守則的誕生讓我心碎，但你會明白這條可怕的守則是怎麼來的。因為每隻貓都必須懂得，整個部族的力量依賴於每個成員對它的忠誠。

戰士守則的起源

「不公平，麥鬚，你明明就知道你會贏！」雲莓抗議道。

麥鬚轉身看著眼前這隻深灰色的母貓。在河族貓之中，雲莓的身體算纖細的，但她的皮毛濃密又滑順。

「我可以讓你先跑，」麥鬚提議道，「要不然……我也可以，嗯，閉著眼睛跑、倒著跑，或者在嘴裡叼著一塊大石跑……」

雲莓眨眨雙眼，假裝生氣地撇頭不看他。

「真是腦袋進水了……」雲莓咕噥道，才又走到麥鬚身旁，用頭蹭蹭他的臉頰，「要是你和我比賽，看誰能先過河，我就跟你比一次看誰先跑到山楂樹。」

麥鬚一聽，忍不住倒退了好幾步，搖搖頭說：「才不要，不要跟我說什麼皮毛弄濕是很正常的事，我曾經試過渡河一次，妳難道忘記了嗎？」

「你只是在一塊踏腳石上打滑而已，根本

連下水游泳渡河都稱不上。」

麥鬚用尾巴碰了碰雲莓身體的腹側，忍不住溫柔地問道：「你覺得我們的孩子能跑得又快又能游泳嗎？」

雲莓吃驚地看著他，「你是怎麼知道的？我……我向你保證，我本來打算要告訴你的，可是我不太確定你會有什麼反應。我以為你可能會希望有風族的孩子……」

麥鬚懊惱地喵嗚了一聲：「他們會是風族的孩子，也會是河族的孩子。他們是我們的，這才是最重要的事。你的族貓知道這件事嗎？」

母貓開始不安地撥弄腳掌下的小石子：「不知道，我想先告訴你。」

「你在擔心你父親的態度嗎？」麥鬚猜測道。

雲莓抬頭看著他，眼神中充滿著哀求：「爐星是一位好族長，他希望有更多的河族小貓也是一件合理的事，你不能因此責怪他。歷經冬日的那場綠咳症後，我們需要更多的戰士才行。」

「可是他們也是風族的小貓！」麥鬚不耐煩地抽動著尾巴，繼續提醒道，「只要他們一睜開眼睛，我一定讓你教會他們如何游泳。」

「那你會讓我在河族扶養他們嗎？」雲莓問道。

麥鬚眨眨眼睛，他還沒考慮過這麼久遠的事。

「呃，會的，他們出生時，我會過來陪你。你父親過去從來不介意我待在你們的營地。等他們長大，能走遠一點的路，你可以帶他們到風族生活。」

雲莓點點頭，但眼神中依然充滿憂慮。麥鬚用口鼻碰了碰她的耳朵，保證道：「沒事的，所有的貓都很清楚，燼星最親愛的朋友還是雷族的薊尾。如果說這個世界上有哪隻貓最懂得超越邊界的友誼，那無疑就是燼星了。」

「可是偷魚的事該怎麼辦？」雲莓問道。

上個月，河族聲稱風族從河裡偷走了魚，於是派出一支巡邏隊會見風族族長塵星，警告他不要再冒犯。塵星堅稱他的部族不會吃魚，可是麥鬚明白，河族貓對這說法依然十分懷疑。

「我們沒有拿那些魚。」他告訴雲莓，「也許這些孩子能使我們倆的部族再次團結起來。」

雲莓馬上鬆弛下來，依偎在麥鬚身邊。麥鬚則閉上雙眼，想像著在雲莓躁動體內的那些活潑生命，也許他們會和母親一樣是深灰色貓，也許是跟他一樣的棕色虎斑貓，他們一定既善於奔跑，又精通游泳。這些孩子會給兩個部族帶來和平的，他對此深信不疑。

「風族！撤退！」

麥鬚搖搖頭，眨掉眼裡流出的血水，聽見石尾大聲呼喊出命令。這隻碩大的灰色公貓站在一塊樹幹上，瞪大雙眼呼喚族貓離開戰場。

麥鬚向後一躍。放開了被他踩在腳下的河族戰士。

這場戰鬥全是河族的錯！他們兩次指責風族偷了他們的魚，並威脅說要告訴其他的部族，說荒野上的那些貓都是小偷和強盜。好像所有的風族戰士都會打濕腳掌去追逐那些細長的獵物似的！

塵星下定決心，消除這抱怨的唯一方式就是教訓河族，讓他們明白風族貓非常強大，能夠獵捕自己的獵物，並且可以不依靠任何貓就能吃得很好。

「撤退！」石尾再次呼喊。

「鼠膽懦夫！」一名河族戰士在他們身後罵道。

「如果你們想偷我們的魚，那就該確信自己夠強壯，能從我們手裡把它搶走！」另一名河族戰士嘶鳴著。

麥鬚感到脊背上的毛髮豎了起來，撤退的命令讓他腳掌刺痛，耳朵像要被撕裂一樣。這些愚蠢的貓什麼時候才能明白，風族並沒有偷他們珍貴的魚呢？

他們帶頭朝兩腳獸的橋走去時，四周全是蘆葦。有那麼一陣子，除了族貓的喘息和蘆葦桿的嘎嘎聲響，麥鬚什麼也聽不見。

「馬上停下！」前方傳來一聲尖叫。

前邊的黑毛戰士鷹毛猛地停了下來，麥鬚來不及止步，一頭撞上他的屁股。他的目光越過族貓，看到一名毛色泛白的薑黃色河族戰士正擋在前方，怒視著石尾。

「你們該不會認為，我們會這麼輕易就放你們走吧？」那隻河族貓咆哮著。

石尾並未退縮，「迫不得已的話，我們也會戰鬥。」他回答道，「你希望那樣嗎？」

河族戰士露出利齒。「噢，我們會抓住一切機會痛擊小偷和強盜的！」他隨即躍向石尾。

石尾一個翻滾，用後腿踢向對手的腹部。蘆葦叢裡的簇簇聲越來越激烈發響，更多的河族戰士衝了過來，撲向風族貓。

一隻健壯的灰色虎斑貓把爪子插進了麥鬚的肩頭，然後把他摁倒在地。麥鬚掙扎脫身，隨即鮮血浸入他的皮毛中。他伸開四肢，跳向那名戰士。對方伏低身子，一躍而起，迎了上來。他們在空中相撞。虎斑貓緊抓住麥鬚，與他並肩摔倒在蘆葦叢邊上，半個身子躺在蘆葦中。

麥鬚覺得自己被濃密的灰毛堵的快要窒息了。他痛苦地抬起頭，想要呼吸，但目光竟直直地落在了雲莓那雙驚愕的雙眸中。

就在這時，雲莓身後浮現出一個黑影，一道閃閃發光的利爪呼地揮舞而下，準備插入她的頸部。

「不！」麥鬚大聲尖叫起來，瘋狂地一躍而起，將那名襲擊者撞入蘆葦叢中。

鹿毛抬起頭時，恰好看到麥鬚朝自己撲來，將他撞離那隻灰色的河族貓。

「不准你碰她，否則你一定會後悔的！」麥鬚低鳴著，憤怒地半瞇著琥珀色的眼睛，緊盯著鹿毛。

「麥鬚，你不能這樣做！」灰色母貓掙扎起身，呼喊道，「我們只能效忠自己的部族！」

麥鬚口頭看了看她：「你認為，我會讓我們的孩子被我的族貓傷害嗎？」

鹿毛簡直無法相信，她緊盯著麥鬚。「孩子？」她重複道。

棕色虎斑貓迎上她的目光：「雲莓懷了我的孩子。我絕不允許你傷害她。」

「小心！」母貓一聲尖叫。

剎那間，一名虎背熊腰的河族戰士騰空而起，一隻利爪呼嘯而至。接著，砰的一聲，麥鬚在襲擊者的重壓之下，四肢跪地，頹然倒下，閉上了雙眼。從他的肩膀湧出的鮮血流入潮濕的地上。灰色虎斑貓放開了他，抖動著自己的毛髮。

雲莓一動不動，直直地盯著那具癱軟的棕色屍體。「噢，麥鬚。怎麼會這樣？」她低吟著。

「所有的部族貓都到了嗎？」塵星站在巨大的灰色岩石上大聲問道。他周圍的樹木被晚風吹撫地沙沙作響，在月光照耀下的空地上投射著朦朦朧朧的陰影。

塵星之所以召集其他族長在這裡相見，是因為這片空地位於五個部族的中心，而且自

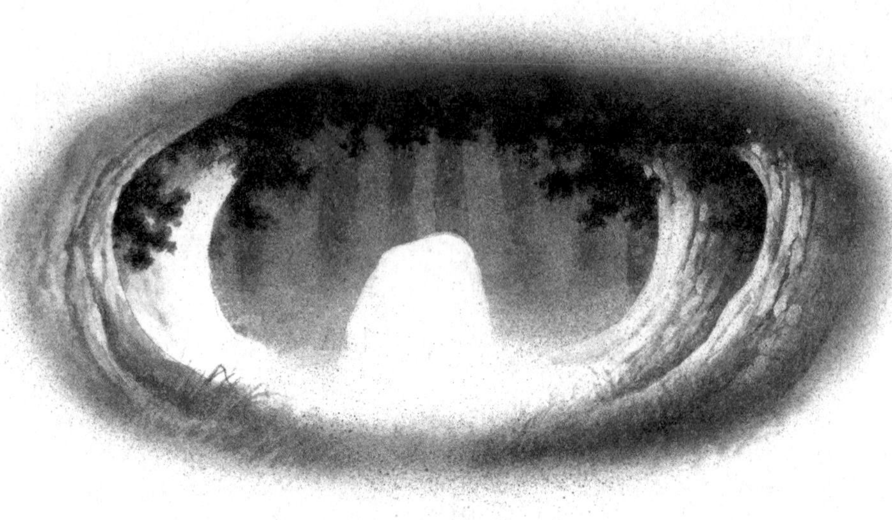

從那場最初將部族分開的戰爭結束後，這裡並不屬於任何一個部族。還能回憶起那場戰爭的長老們都遠遠地躲開空地，因為他們堅信，草葉上的血跡永遠無法被沖刷乾淨。

塵星選擇月圓之夜，是因為它能確保貓群的行程安全——沒有黑暗的誘惑引發出其不意的攻擊行動。

「都到了。」回答的是天族族長樺星。他以強有力的腰腹力量輕躍上岩石，來到塵星身旁。

其他族長也不甘心被落在岩石腳下，紛紛爬了上來：河族的燼星，影族的冬青星，還有雷族的白星，他的毛色亮如暗光下的月亮。

其餘的貓則是每個部族的巡邏隊，他們留在原地，尾巴環繞著腳掌，神情嚴峻地仰望著族長們。

「如果你是要為你們戰士的死而責備我的部族的話——」燼星豎起頸毛開口說道。

塵星搖了搖頭：「不，燼星，我把你們都叫到這裡來，並不是為了這個。在經歷如此艱難的一個禿葉季之後，我依然難以接受麥鬚的死，但如果他沒有……沒有愛上……雲莓的話，這一切都不會發生。」他低頭望著河族的貓，雲莓不在其中。或許，她就要生產了。

「從現在起，大家都必須忠誠於自己的部族。為了部族的利益，與其他部族貓之間的友誼必須拋在一邊。在戰鬥中，我們的戰士不能分心，只能為自己的部族而戰，絕不能為了其他理由而戰。大家同意嗎？」

白星站了起來：「部族至上。我認為很合理。」

「要是雷族偷襲我們的獵物，我們可沒辦法確保和平！」一名資深風族戰士嘶吼著。

「如果風族襲擊我們的邊界巡邏隊，我們也無法確保和平！」一名耳朵裂開的雷族戰士說道。

「哪個部族敢去相信影族呢？」另一隻貓問道。

貓群中忽然爆發出一聲巨吼。

「夠了！」塵星咆哮道。他伸直四肢，雙眼瞪著空地上的貓兒們。

「樺星，我比以往任何時候都看得更清楚，你的建議非常明智。雖然我懷疑，和平的氛圍是否能維持，哪怕只有一個晚上，但還是讓我們試試看吧，看看究竟會發生些什麼。」

「我要的正是這個。」樺星說道。

「五個部族的貓們！」塵星繼續說，「在此，我們達成一致：保護你的族貓，不惜犧牲性命。你可以跟其他部族的貓維持友誼，但你必須對你的部族效忠，就算他日必須在戰場上跟他們作戰。它將成為我們的守則，戰士的法規，我們每隻貓都需要將它牢記在心。到下個月圓之夜，願星族照亮你前行的道路。」他跳下岩石，甩了甩尾巴，帶領風族貓離開空地，朝沐浴在月光下的高沼地走去。

戰士守則二

禁止侵入其他部族的領域，更不准進入狩獵。

每個部族所生活的領地都是最適合他們捕獵技巧的領地，能適當地帶來所需要的獵物，直至今日，這件事已是理所當然的事。

現在就跟我一起回到還沒劃分領地的部族時代吧。

那時的貓兒會在獵物短缺的時節裡，跑去其他領地尋找獵物。你將能體會到遵循這條守則的必要性。如果說什麼事最容易招來麻煩，那一定就是竊取珍貴的新鮮獵物。

撿到就是我的

自從五族的族長定下每個滿月之夜召開和平會議的協定，三年已經過去，開會時休戰的協議依然保存下來。

風族族長石星站在高岩上俯瞰月色下空地中的貓群。在白雪的映襯下，眾貓的毛色顯得格外突出。不過，雷族的白星除外，只有當他抬起頭時。石星才能從他那黑色的眼眸中瞥見一絲光亮。

白星、燼星、樺星和影族新族長斑星都來到岩石上，和他站在一起。族長們彼此點頭致意，然後一字排開，審視底下的貓群。

作為年齡最大的族長，燼星通常都會最先發言，但這次斑星並沒有給他這個機會。「我對雷族有話說！」她大聲說道。

白星對著她，尾巴呼地一抽。「偷獵物的可不是我們！」他嘶嗚道，「你不能因為每次都被我們的巡邏隊趕跑而抱怨。」

「那還不能算偷？」斑星駁斥道，「要是

我們無法在自己的領地找到獵物，那我們吃什麼？」

「但是，每個部族都生活在最適合他們狩獵的地方。」樺星提出重點。

「是啊，從什麼時候起，影族開始在灌木下和荊棘叢中狩獵了？」雷族副族長藤尾質疑道。

「從我們在自己的領地裡忍耐挨餓時開始！」影族副族長湖風大聲咆哮起來。

石星向前邁了一步，「影族應該捕捉他們自己的獵物。」他語氣堅定地說，「沒有哪個部族有多餘的食物，尤其是在禿葉季。」

「那我們哪有得吃！」湖風大吼道，他的聲音劃破了冰冷的空氣。

一時間空地上一片沉寂。突然，一陣嘎吱聲響起，石星盯著前方，想辨認出聲音的來源。空地上，各個部族的貓都擠作

一團嚇得甚至都不敢逃跑。

轟隆！

從一棵巨橡樹上撕裂一根和一般樹木相同大小的樹枝，樹枝倒向貓群，空中揚起一陣狂舞的雪花。

石星戰慄地看著貓群消失在雪花與斷枝旋起的煙雲中。

「天族！天族！所有的貓都沒事吧？」樺星跑到岩石邊，一邊呼喊著她的族貓，一邊向下張望。白星和斑星也跑到她身旁，衝向雲團大喊。

「等等！」白星命令道。他擠到其他族長前邊，轉身對著他們。「一次只能由一隻貓喊，不然沒有哪隻貓能聽出來你們的聲音。樺星，你先來。」他退到後邊，從他不停顫抖的四肢看得出來，他是多麼擔心自己部族的安危。

「天族貓！你們能聽到嗎？」樺星呼喊著。

一陣含混不清的聲音傳來，緊接著，一個灰色的腦袋從空地邊緣冒了出來。是天族副族長雨斑。「我們都在，樺星！」他大聲喊道。

石星走上前。下方的地面看起來似乎很遙遠，一根繁密的巨大黑色枝幹橫倒在雪花翻騰的空地中央：「風族貓？你們都在嗎？」

棕白毛色相間的副族長泥潭從空地遠端爬了出來。「全都沒事，石星！」他趕緊匯報。石星這才鬆了一口氣。

燼星很快就確認，河族貓離掉落的樹枝很遠，沒有貓兒被砸到。剩下的便是雷族和影族。樹枝正好倒在會場中央兩個爭執部族的上方。

斑星走到岩石邊緣，問道：「影族貓。你們還好嗎？」

族長們靜靜地等待著。接下來的短暫沉靜間，耳邊只能聽見雪花從樹木間落下發出的微弱聲。

剎時，大樹枝上的一叢小樹枝倒向一側，湖風擠了出來。「我們都沒事，斑星！」他剛一脫身，便趕快幫忙解救身後的族貓。

斑星眯起眼，審視著她巡邏隊裡的每個成員，然後才點了點頭。「湖風說得對。」她低聲說著，有點像是在喃喃自語，「影族貓都沒事。」

現在輪到石星了，石星再度屏住呼吸。樹枝砸落在空地上卻傷害不到貓兒，那是絕不可能的事。它太龐大、太沉重了，佔據空地範圍太廣大了……

「我們也沒事！」沒等石星開口，藤尾的聲音便傳了出來。他也從一個雪堆裡鑽了出來。其他的雷族貓也紛紛鑽出到他身邊，抖落皮毛上和耳朵裡濕冷的碎雪。

「怎麼可能啊？」一隻貓小聲說，「那樹枝明明就落在雷族貓和影族貓上。他們之間可沒有其他空地！」

石星看了看碩大的樹枝，接著看了看分列在他兩側、正慶幸自己毫髮無傷的兩群貓。

「這是星族的徵兆。」石星說道，他以足夠讓族長們都聽見的音量說話，但下方的貓群卻無法聽仔細，「星族是在告訴我們，即使部族間相隔很近，我們彼此仍然是獨立的，就像一棵樹倒下而不碰到各自的領地。邊界或許是看不見的，或許細如鬍鬚，但它們強大得如同橡樹，不可逾越，不可因為友誼，不可因為獵物，無論發生什麼事都不允許跨越。」

白星點了點頭說：「的確是個徵兆。」

斑星一臉不解地望著她的族貓們。他們都很茫然錯愕，但卻沒有受傷。接著，她打量著倒塌的樹枝，「星族讓我的族貓倖免於難，一定是有原因的。」她說道。

「在你的領地裡尋找食物吧。」石星表明道，「運用只有你和你的族貓才具備的技能——你們的狡黠、詭詐、在最黑暗的夜裡行走的能力。獵物就在那裡，你們是唯一能找到牠們的部族。」

「你說得對。星族一定不希望我們從低等部族獲取低等的食物。」斑星瞥了白星一眼。後者聰明地沒有作出回應。

「那就這麼決定了。」燼星說，「戰士守則再增加一條規定：禁止侵入其他部族的領域，更不准進入狩獵。」

「同意。」其餘的族長彼此點點頭，異口同聲地同意道，「直到下次大集會，願星族照亮你前進的道路。」

捕魚

並非所有的貓都時時刻刻遵循戰士守則，因為只要有年輕的貓兒，就會有搗蛋的行為發生，結果通常就是違反守則……

「唉喲！你踩到我的腳了啦！」

「對不起！」斑尾脫口而出，「我還以為我踩到一塊鵝卵石呢。」

「鵝卵石什麼時候長毛了？」獨眼晃著腳掌抗議道。他轉過身，星光照在他唯一的一隻眼睛上。當他還是一名見習生時，另一隻眼睛就被一隻獾抓瞎了，這也是他戰士名的由來。

斑尾蹲伏在他那隻完好眼睛的那一邊。「我們到河邊了嗎？」她喵嗚道。

獨眼挪動身子，在鳳尾蕨下騰出空位，「是啊。你看！」

他們前方的地面上覆蓋著灰色小石子，斜坡緩緩通向奔流而過的深黑色河水，泛起的水花折射著閃閃星光。

「今晚真有點兒可怕。」斑尾一邊低語，

一邊退回到獨眼強健的肩膀後面。

獨眼輕輕推了推她。「沒事的。」他安撫著她。現在他是絕不可能返回營地的。這是他所經歷的最大冒險！

事實上，這也許對任何一隻雷族貓來說，都是最大的冒險。雷族貓沒有必要去取河族的獵物，因為現在是綠葉季節，樹林裡到處都是多汁的鳥兒和松鼠。但獨眼渴望弄清楚魚是什麼味道，他想知道河族為什麼那麼高傲地認為，他們的獵物是所有部族獵物中最好吃的。

斑尾躍上河邊一塊平坦的岩石，凝視水中。「我看不到什麼魚。」她小聲地說，「你覺得牠們是不是都跑去睡覺了？」

獨眼不耐煩地哼了一聲，也躍上岩石，站在她身旁：「魚是不睡覺的！」

「怎麼可能不睡覺，」斑尾辯解道，「不然牠們會有多累啊。」

「好吧，也許其中一些魚還醒著。」獨眼的身子慢慢向前探，直到前腿垂在水面。斑尾疑惑地看著他：「河族貓是這樣抓魚的嗎？你看起來就要掉進水裡了。」

「快看！」獨眼伸長脖子，因為渾身用力，鬍鬚也跟著顫抖，「那裡有東西！」他繃緊後腿，沒等斑尾說話，便伸出前腿，跳下岩石，直接落入水中，激起一大片浪花。

斑尾向後一跳。但水花還是濺入她的眼，她趕緊眨眨眼。接著，她又搖了搖頭，盯著河水。水流依然迅即奔流，但現在還沉載著一個多餘的重量：獨眼——他正快速游動四肢，以便把腦袋留在水面上。

「獨眼！」斑尾哀號著，「快回來！」

「我在……努力……」他回答的含糊不清。水流將獨眼沖流至一塊岩石旁，又激起一陣陣水花。他的頭在波濤中起起伏伏。

斑尾站在岸邊，緊張到尾巴豎直起來。「救命啊！」她大聲呼喊。

獨眼在靠近下游的地方再次浮出來。「不要……告訴任何貓……我們……來過這裡，」他語無倫次地說，「陷入……困境……」

「可是你溺水了！」斑尾尖叫，「救命！」

此時，只能聽見森林的某處傳來貓頭鷹的鳴叫聲，似乎沒有貓來救援的動靜。

斑尾望著湍急的黑色河流，深吸一口氣，便跳進滾滾河水中。水很冷，她幾乎無法呼吸。洶湧河水在她周圍盪漾，將她與河岸阻隔開來。她的耳朵裡充斥著震耳欲聾的滾滾聲。

游泳就像奔跑，現在只不過是在水裡罷了，對嗎？

她張開四肢，盡可能地像在草地上那樣做動作，可是她剛剛才把自己托出水面，又立即沉了下去，她只好又掙扎向上，抓住時機換氣。

這可真是獨眼有史以來最糟糕的主意啊！

「看在星族的分上，這是在做什麼？」

斑尾的頭頂上傳來一個憤怒的聲音，她努力翻騰著抬起頭，想看看是誰在說話。

一隻棕白相間的公貓正站在河族那側河岸的一塊岩石上。他瞪著雙眼直視著。

「救命啊！」斑尾高呼求救，一陣滾滾波濤打來，使她吃了好幾口水，開始咳嗽。

那隻公貓的身旁又出現另一隻貓：「梟毛，她晚上來這裡顯然不是要游泳。你最好在她淹死之前，去把她釣上來。」

棕白相間公貓潛入水中，小腦袋開始一上一下地朝斑尾靠近。她閉上嘴巴，腳掌不停地蹬踏，儘量讓自己停留在原處。當公貓用嘴巴輕輕咬住她的後頸時，她不得不畏縮了一下，感覺自己被拖著滑過水面，游向岸邊。她的腳掌踩到了石頭，即使四肢無力也能站起來，她沉重的皮毛滾落許多水珠。

「我的同伴！」她邊咳邊用尾巴朝河邊指了指，「他還在下面！」

「真是鼠腦袋！」第二隻貓怒罵道。他撐起濃毛密布的灰色肩膀，朝河中走去，「梟毛，你待在這裡，確保這個鼠腦袋不會跟著我。」他奔出幾步，消失在河裡，即使開始游泳，他的步伐依然沒變。

「你是雷族的，對嗎？」梟毛不以為然地說。

斑尾點點頭。由於鬍鬚上還沾著水珠，她的頭顯得很沉重。

「讓我猜猜看。你們一定是想要偷我們的魚。」

斑尾的腦袋又垂得更低了。「對……對不起。」她小小聲地說。

棕白相間的公貓嘶嗚一聲，然後抬起頭：「看起來雹星去救你的同伴了。」

雹星？噢！怎麼會？河族族長救了我們。

「斑尾！快看！」

身後嘈雜的水聲令斑尾轉過身去。獨眼正跌跌撞撞地從水裡走出來，雹星則在他身後推著他。他的毛髮滑溜溜地貼在身體兩側，一雙溼答答的耳朵在腦袋的襯托下顯得格外巨大。不過當他將一條翻騰的銀魚放在石頭上時，他的眼睛正閃閃發光。

「我抓到了一條魚！」

雹星翻了個白眼，「你是在一塊岩石上壓住了它。」他糾正道。「而且，這不是屬於你的獵物。」他眯起眼睛，「你是在入侵和偷竊。你說該怎麼辦？」

獨眼彷彿忽然意識到自己剛被一位族長逮了個正著。

「嘿！那不是我們失蹤的雷族戰士嗎？」河的對岸傳來了一聲大呼喊。

河岸的另一頭，正是刺星和他的副族長草鬚站在水邊，他們的皮毛被星光照得潔白。

「我們今晚抓到了一些不尋常的獵物。」雹星回應道，「為什麼不過來看看，他是否更合你們的胃口呢？」

雷族貓沿著河岸奔跑，從綠葉季小溪流中露出的踏腳石上跳了過來。斑尾偷偷看了一下獨眼，等待著族長過來。

「我再也……永遠都不會聽你的蠢建議了！」她低聲道。

四隻年長的貓，兩部族各兩隻。他們在斑尾和獨眼面前站成一排，審視著他們。

「你今晚究竟想要違背多少戰士守則的規定？」刺星問道，「入侵、竊取獵物、為自己獵食……」

「我只是想知道魚是什麼味道。」獨眼嘟噥著。

刺星逼近他，「我們是雷族貓。」他咆哮道，「我們不吃魚！」

梟毛走上前去：「等等，我有個主意。既然這些鼠腦袋看起來一心想成為河族貓，那為什麼不讓他們吃掉他們剛剛捕獲的獵物呢？畢竟是獨眼抓到的。」

斑尾驚訝地抬起頭。難道她和獨眼不用被懲罰嗎？

刺星的眼神閃過一道精光：「多好的主意啊，梟毛。獨眼、斑尾，快吃吧。一點兒都不能浪費，否則對河族來說是很不敬的。」

獨眼不再客氣，他大大地張開嘴，一口咬住魚頭的後方。因為還有其他的貓盯著，斑尾感覺很不在，她蹲伏在魚尾處，咬了一口。

「呸！」

兩隻貓同時吐了，並向後跳了一步。又濕、又冷、又黏稠，口中的味道就像石頭、雜草和泥巴……

雹星偏了偏頭問道：「怎麼了？」

「太難吃了！」獨眼脫口而出。

草鬚則是一副震驚的樣子：「河族如此慷慨地讓你們吃他們自己的獵物，你們怎麼能這樣說。」

斑尾強迫自己吞下去，並專心壓抑住噁心感。「拜託，請別再讓我們吃了。」她說道。

刺星看著他們倆，說道：「戰士守則之所以存在，是有它的理由的。雷族貓不吃魚、不抓魚、不游泳，跟河沒有任何關聯。河族貓不吃松鼠，因此他們不會想生活在樹林中。影族貓不吃兔子，所以他們不會生活在高沼地。」

雹星開口說道：「我想，對你們來說，差點兒被淹死已經是個足夠的教訓了。現在，回到你們的部族，把魚留給我們吧。」

獨眼用力地點點頭，「我們不再抓魚了。」他保證道。

「再也不冒險了。」斑尾說。雷族貓就該吃雷族的獵物。在她看來，河族貓可以獨享世界上所有的魚了。

戰士守則三

見習生與戰士必須先餵飽長老與小貓。在沒有為長老獵得食物之前，除非獲得許可，否則見習生不准進食。

照顧部族中的弱者，這是深植於我們生活中的傳統。我們受過教育，要尊重那些在過去為部族而戰的長老們，要關愛那些無法自食其力，但終有一天會照顧我們的小貓。

然而，在很久以前，戰士們濃稠的鮮血總是流過陽光岩時，如果你問其中一名戰士為何而戰，那兇殘的回答一定令你感到害怕。

幸好，有一名叫做斑心的戰士，改變了這個狀況，並且領導河族，替森林帶來和平。現在，就讓我帶你穿越過去，一探究竟吧……

神祕的戰鬥

水面下的陰影一閃而過，一個顫抖的影子投射在石頭上，與搖曳的綠葉彼此交疊。斑心保持著絕對的靜止，等待魚兒靠近。不到一條尾巴的距離，又是一陣閃爍，斑心猛地伸出一隻腳掌，爪子劃過冰冷的河水。當他感覺到腳掌墊刷過肥厚光滑的身體時，立即捲起腳掌將牠撈起。銀色的水滴四散濺開，魚兒被拋出水面，落在他身旁的岸上，他迅速地一掌壓住牠。

「動作真漂亮。」一個聲音從後方傳來，是蘆葦光。

就在兩天前，這隻橘色母貓還在指導他，並看著他獲得了戰士名號。斑心開心地捲起尾巴。「謝謝。」他呼嚕道，「要一起享用嗎？」

蘆葦光走靠近了些，吃之前先嗅了嗅這條魚。斑心低下頭，從魚的另一邊咬下一大口。這是他當戰士抓到的第二條魚，和第一條的味道一樣好。

在河的另一邊，溫暖的太陽在河水裡投下沉重的黑影。這些光滑的灰色岩石將在陽光的照射下很快變得溫暖起來，讓他們可以舒舒服服地躺在上面聊天，或者只是靜靜地看著下面的河水流過。

這些河族長老還記得，河水從陽光岩的另一邊流過時的情景，它阻斷了河族通往雷族森林領地的道路。但隨著落葉季一場大水的來臨，河水衝破堤岸，將這些岩石包覆著，讓它就像一座荒涼的灰色島嶼一樣。等到河水退去，河流已經在河族的岩石一側沖刷出一條新的河道。沒等第二天，雷族便宣布陽光岩屬於他們，沿著新河岸留下氣味標記。

從那之後，兩個部族為此發生了多次戰鬥。此時，氣味標記在岩石群的另一端，被雷族牢牢地控制在外。

斑心眯起雙眼。遠處的河岸邊蹲伏著一隻壓低頭和尾巴的貓。雖然那隻貓半藏在岩石的影子中，但看起來要比河族貓更瘦，皮毛更光滑。河族貓正是靠著他們充滿水分的獵物，才長得毛豐體胖。是雷族！

「陽光岩有雷族闖入。」他怒吼道。

「我去找支援！」蘆葦光告訴他，「待在河的這一邊，等我回來。」他衝進蘆葦叢，橙色的毛髮很快便消失在簌簌作響的棕色蘆葦莖之間。

斑心全身的毛都豎立起來，感覺腳掌陣陣刺痛。這將是他成為戰士後的第一場戰鬥！

「現在，這裡是我們的領地了，魚毛！」河對岸的一隻貓叫囂著。

「少做白日夢！」斑心嘶吼道。他將爪子插入河岸邊緣，準備躍入水中，開始戰鬥。

「斑心，等等！」黑星從他身後的蘆葦叢中衝了出來。

斑心轉身面對族長，「我們不能讓他們就這樣走了！」他反對道。

身材嬌小的棕色母貓迎向他的目光。「我們不會的。」她冷冷地向他保證道。

忽然，岸邊擠滿了貓，戰士和見習生們背上的毛髮都豎立起來，爪子在太陽照耀下閃著寒光。

「河族，進攻！」黑星咆哮一聲後，接著跳入河裡。

她的戰士們緊隨其後，斑心和蘆葦光也在其中。蘆葦光僅跳兩步便衝上了堤岸上方，儘管在潮濕土地的遮掩下，對手深棕色的毛髮很難被察覺，蘆葦光還是立即撲向蹲伏在那裡的一名雷族戰士。

斑心的目光掃過岩石群。感謝星族，對方在數量上似乎沒有超過河族。

黑蜂和鰻尾正在追逐一隻奔下岩石、在鳳尾蕨叢中尋求庇護的雷族母貓；蘆葦光則面帶警告地與另一名戰士對峙。

黑星痛快地揮舞利爪，對著那隻深棕色貓的耳朵使出閃電一擊。對方起身後退，大叫著逃開。

當那名戰士的尖叫聲漸漸消失在晃動的蕨叢中之後，斑心聽到身後的大圓石堆上傳來了刮擦的動靜。他向下蹲伏，然後躍上最近的一塊圓石，爪子緊貼在岩石上。石頭的另一邊，一雙流露懼色的琥珀色雙眸緊盯著他。

「不要傷害我！」那隻看起來像見習生一樣的黑白小貓喵嗚道。

「那就離開我們的領地！」斑心大吼道，並用一隻腳掌劃破空氣，讓這隻微不足道的小貓明白，如果不離開將會有什麼樣的後果。

但那隻雷族小貓一動也不動。

於是，斑心齜牙咧嘴，挑釁道：「你真的想挑戰我嗎，小貓？」

突然，斑心聽到岩石上方傳來一陣刮擦聲，說時遲那時快，他感覺到兩隻貓分別迅速地落在他兩側，瞬間，他的臉被撞向岩石。

「你也想要威脅我們嗎？」一個聲音飄入他的耳朵，碩大的腳掌勒緊了他的脖子。

「放開他，去對付和你體型一樣的貓吧！」河岸上傳來一聲怒吼。

斑心看了一眼，一個深橘色的影子跳向石子。是蘆葦光！她迅速地撲向控制住斑心的那名戰士。

那兩隻貓順著雷族見習生蹲伏處的狹窄岩縫溜了下去。

年輕的貓跳到蘆葦光身上，開始伸出前掌猛擊她的腹部。斑心掙扎著站起來，看到鮮紅的爪印在蘆葦光柔軟的皮毛上綻開了。他想衝過去幫助蘆葦光，但另一名雷族戰士從下面擊中了他的後腿，將他放倒在地。

那名戰士赫然聳立在他眼前，一雙綠眼睛噴出火焰。「是星族改變了河流的方向！」她嘶鳴道，「陽光岩現在屬於雷族了！」

「別做夢了！」斑心啐了一口道，可那名戰士用腳掌壓住了他的喉嚨，天空變得昏暗起來。

忽然，一陣撞擊聲傳來，兩個沉重的身體倒在斑心身上，壓在他喉嚨上的力量已經消失了。他大口吸氣著，感覺像是在吞嚥荊棘刺，差點喘得要背過氣。

「別躺在這裡，斑心。」黑星蹲伏在他旁邊的石頭上大吼道，「快和大家一起跳到下面岸邊去，動作快。」

斑心跳下石頭，來到水邊。其餘的河族戰士擠做一團，其中有一些貓的下腹還浸在水中。

斑心身後響起了聲音。他轉身看到，黑星正半拖半叼著蘆葦光回到岸邊。蘆葦光的身上留下了一串深紅的血印，她的眼睛半閉著。斑心急忙跑了過去。

「蘆葦光，快醒醒啊！」他看著黑星，「我們必須馬上把她帶回營地！」

黑星鬆開嘴巴，蘆葦光呼地軟癱在石頭上。族長的眼神裡滿是怒火。「我們會帶她回去的。」她保證道，「但首先，我們要收回原本就屬於我們的東西！」她高聲怒吼著，好讓每隻河族貓都能夠聽到。

河族貓們抬起頭，驚訝地盯著黑星。

「可是我們戰敗了！」鰻尾憤憤地說。他用口鼻朝著岩石頂端的方向抽了抽，幾名雷族戰士正以勝利的姿態矗立在那裡，尾巴高高地搭在背上，嘲弄他們的爪下敗將。

「只有當我們停止戰鬥時，才算是失敗！」黑星回答道。她跳上河岸，好讓所有的貓都看得見她。

「我們的長老們，長老的親族們，還有他們之前的伴侶們，都曾為了保衛我們領地內的陽光岩而戰。

為了屬於我們的這些岩石。已經有許多貓兒都失去了生命，放棄了最後的呼吸。難道他們死得毫無意義嗎？我們能在他們不曾放棄的地方轉身逃跑，失去他們不斷為之戰鬥，好讓他們的孩子捕獵、玩耍、曬太陽的這些岩石嗎？現在，你們願意為了長老們的榮譽，為了我們尚未出生的孩子們，隨我而戰嗎？」

「我們願意！」河族貓皆大聲咆哮響應。

就在這一瞬間，斑心看到岩石上擠滿了那些已先離去、披著星光的貓們的身影，是那些曾經為了守護陽光岩，在很久以前不斷戰鬥過的族貓們。現在，他將加入到他們其中，踏上他們曾經站過的地方，感受他們在戰鬥中的嘶喊聲，證明自己有資格成為他們其中的一員。

伴隨著陣陣咆哮，河族貓湧上河岸，躍上大石的輕鬆模樣彷彿那只是一棵小樹，全體一致衝向陡峭的懸崖邊。

雷族戰士們在岩石頂端上一字排開，吃驚地望著他們。

「戰鬥已經結束了！」一隻有著琥珀色眼睛的寬背虎斑雷族貓喝斥道。

黑星勇敢地面對他，脊背上的毛髮全都豎立了起來。「我們還沒被打敗，怎麼可能結束呢？」她挑釁道。

雷族虎斑貓一聲咆哮朝黑星撲去，但黑星朝旁邊一閃，旋即轉身，在他撲空時，將爪子插入他的後背。河族戰士們紛紛衝上前，迎戰雷族貓。斑心感覺到自己的牙齒咬住了短短的白毛。他死死不放，直到將那隻貓拖到岩石邊緣。

最後，他鬆開那隻貓的後頸命令道：「滾！」

那名戰士頭也沒回頭，順著岩石爬下去，消失在雷族領地邊緣的鳳尾蕨叢中。

「幹得好。」斑心身旁一個低沉的聲音說道。

斑心再次重新衝入貓群中，一時間無法判斷是誰在對自己說話。

「小心那邊那隻黑白相間的公貓。」那個聲音繼續說道，同一時間，斑心看見一名雷族戰士正朝鰻尾奔去。而鰻尾正壓制著一隻嗚嗚怒吼的雷族母貓。

「了解！」他邊喘氣，邊大步奔過空地，直接撲在那隻黑白相間的公貓身上。

鰻尾也聽見警告聲，立即抬起腳掌放走那隻母貓。接著他和斑心一起追逐那隻黑白相間的公貓和他那些被嚇壞了的族貓。

等到那兩隻貓消失之後，斑心意識到，戰鬥的聲音已經越來越小。低沉得讓他覺得是在水下一般。他看到黑蜂和一名薑黃色戰士搏鬥，於是想過去幫助她，但四肢沉重得彷彿在石頭上紮了根。

「戰鬥已經勝利。」那個聲音低語道，「陽光岩安全了。」

斑心轉頭——這是他全身唯一還能動作的地方——看到一隻模糊發光的貓兒站在身邊。她的皮毛有著洪水的顏色，幾乎全黑的皮毛上泛著灰色的條紋，她的尾巴很長，尾尖落在岩石上。

儘管河族的體味縈繞著她，但斑心從來沒有見過她。

「你是誰？」

那隻貓點了點頭。「我叫楊尾。」她回答說，「我是你的長老們的至親好友，也是你的長老們的長老們的至親好友。我曾為了這些岩石而戰，現在我依然在此為它而戰，不管需要多長時間，直到雷族明白，陽光岩是屬於河族的。」

「我會和你並肩戰鬥。」斑心說道。

楊尾點點頭，身形開始消散。斑心能透過她的身體看到灰色的岩石。

「斑心？你在和誰說話啊？」

黑蜂一臉不解地站在他身後，用尾巴碰了碰他的腹側。「你沒發現嗎？」黑蜂道，「我們贏了！這下那些孤狸屎的雷族貓不會再跑到陽光岩來了。」

「至少這個月不會了。」斑心低聲說道，「但如果他們再跑來，我們就會再次迎戰。楊尾也會的。」

「你說什麼？」黑蜂問道，「你沒事吧，斑心？你應該沒受傷吧？」

「沒事，沒事，我很好。」斑心說。

「河族貓們！」黑星召集她的戰士們到岩石頂端集合，「陽光岩再度屬於我們河族了！向我們的長老們、祖靈們，向那些永不停歇地為了保衛我們的邊界而戰鬥的貓致敬！回家的途中，我們要捕魚，餵給部族裡最老和最年幼的貓吃。這場勝利是獻給他們的！」

一些戰士顯得很驚訝，但斑心卻點點頭表示贊同。

斑心自己能捕到最肥美的魚，並直接送到長老窩，也代表著他對楊尾的懷念與致敬。要是他有朝一日能成為部族的族長，那他將會使這行為成為戰士守則的一部分：為了感謝祖靈為族貓做過的事，族貓要表達至高無上的敬意，讓長老和小貓必須先進食。

誤入歧途

正如你所見，部族貓比其他動物更有優越性，這能確保我們在遇到麻煩時，變得和最強大戰士一樣有能力解決問題。來看看對照顧老幼的守則如果棄置不理會發生什麼事吧。

冰冷的水珠滴到長尾的脖子上，他不由得一縮。

「窩頂又漏水了。」他向蜷伏在旁邊的暗紋抱怨道。

暗紋睜開一隻黃色的眼睛。「最好去告訴獅心。」他低聲說道，

「讓他安排一隻貓來把這裡修好，免得我們在夢中被淹死。」長尾鑽出窩，水珠順著他的後背滾落，冷得他停不住地顫抖。

他走向空地，灰色的天空平靜如水，他判斷不出來到底是在下雨，還是樹枝被風吹動晃下了水滴。秋去冬來，踩在泥濘濕地上嘎吱作響。

長尾朝岩縫走去，他聽到雷族副族長獅心正在那裡小聲地和藍星交談。他的話不時被咳嗽聲打斷。綠咳症正折磨著這位戰士的身體，讓他無法呼吸。部族正在跟綠咳症作鬥爭，獅心才剛剛從巫醫窩治療完出來。

「我們需要一支狩獵隊。」他氣喘奄奄地對藍星說，「獵物堆被昨晚的雨毀了，要是生病的貓們又挨餓，更不會有康復的機會。」

「你說得對，那就只能派健康的貓出去了。」藍星警告道，「這也意味著你必須待在這裡，獅心。」

長尾聽到副族長正要爭辯時，便被一陣陣咳嗽止住了。

「長尾！」

一隻玳瑁色和白色相間的母貓從鳳尾蕨後面呼喚他。母貓毛髮上的斑紋就像綠葉季節的沼澤草地。長尾改變方向，走向她。

「怎麼了，斑葉？」

「獅心召集狩獵隊？」巫醫深黑的眼睛裡充滿了憂慮，「生病的貓如果太餓，我能治療的幫助就很有限。我知道這個季節狩獵很困難，可是我們必須為他們找些吃的。」

伴隨著她的一舉一動，她的骨骼也在背脊毛髮上起伏著。長尾猜想斑葉一定是把屬於自己的那份獵物給了她正在治療的病貓。

「我想他正準備挑選隊員吧。」他對斑葉說道。

「太好了。希望他們能快點回來。罌粟霜太虛弱了，沒辦法吃下貓薄荷。」

長尾的目光越過她，望向鳳尾蕨叢，他只能看到那位長老玳瑁色的毛髮。罌粟霜很會說故事，深受部族裡所有小貓的喜愛，因為她允許他們追逐她那條毛髮濃密得像狐狸尾巴的尾巴。

獅心朝長尾點點頭，舔掉他耳朵上的水珠：「你有空參加狩獵隊嗎？」

「嗯，有空。」長尾回答道。

「那太好了。帶上暗紋吧。到蛇岩去看看，那裡或許藏著一些獵物。這個季節你們應該不會遇到蛇，不過不要太深入那些洞穴就是了。」

至少暗紋不會指使我，長尾邊想邊鑽回戰士窩。儘管窩頂依舊漏雨，暗紋早已重新進入了夢鄉。長尾用腳掌推了推他。

「快醒醒！我們要去狩獵了。」

暗紋抬起頭，睡眼惺忪地望著他：「在這種天氣狩獵？你一定瘋了！你有告訴獅心我們的窩頂需要整修嗎？」

「我沒找到機會說。」長尾回應道，「起來吧，我們去找找看。獅心建議我們去蛇岩試試。」

「這真是太好了。」暗紋爬起身舔舔腳掌，「為了我們的部族，我要嘛會被淹死，要嘛會被蛇咬。」

「雨沒那麼大了。很多是樹上搖晃下來的雨水。」長尾說道。

然後，他們朝通住營地外的通道走出去。

「難道這就會讓我感覺更好些嗎？」暗紋嘟噥道。不過，他還是動作優雅地躍上峽谷旁凌亂堆疊的岩石，搶在長尾之前到達了岩石頂端。

滴答的雨水迫使他們迅速地奔離樹林，因此戰士們可以一口氣跑到蛇岩。長尾不禁打了個冷顫。即使蛇因為天冷已經離開，這裡還是令他感到緊張。暗紋繞著樹木邊緣，聞著乾枯的鳳尾蕨氣味。

「我餓死啦。」長尾說道，「我們最好抓住些什麼。我已經好幾天沒在獵物堆找到像樣的食物了。」

說完，長尾朝岩石堆走過去。他提醒自己不要進入任何一個洞穴，哪怕只是進去一小步。他聞到了岩石附近有松鼠的味道，連鬍鬚也忍不住顫抖了起來。氣味指向石頭後邊不遠處的荊棘叢中。

長尾伏低身子，在荊棘叢的掩護下步步逼近。透過植物捲鬚的縫隙，一抹灰色的毛髮已經清晰可見。他向後蹲下，挪動身子保持平衡，接著一躍而出，越過荊棘叢，直接撲住松鼠，根本沒讓獵物弄清楚危險來自何方。

長尾默念著星族的祈禱文，吐出嘴巴的葉片，結束了松鼠的性命，然後拖著獵物退出荊棘叢。

「太厲害了！」

暗紋就站在他身後，嚇了長尾一跳。暗紋踏步上前，盡情嗅著獵物的氣味，松鼠蓬鬆的灰毛在他的鼻息下泛著微波。暗紋轉過頭，說道：「要是我們把牠拖回營地，味道一定不會像現在這麼香了。」

長尾聳聳肩道：「我們快點再去抓點其他獵物吧，這樣牠還會新鮮的。」

「但不會像現在這樣新鮮。」暗紋盯著松鼠的屍體，「飽餐一頓後，我們的狩獵成績會更好呢。」

「戰士守則裡說過，我們不能在長老和小貓得到食物前進食。」長尾提醒他。他感覺到皮毛開始刺痛了起來，就像有螞蟻在中間爬行一樣。

「其他的貓怎麼可能知道？」暗紋低聲說。他瞇起眼睛，直到它們成了兩條狹窄的琥珀色縫隙。「你不會說出去的，對嗎？」他的聲音幾乎是耳語，長尾勉強能聽清楚。

「我……我……」

暗紋張開嘴，牙齒嵌入松鼠的身體，但目光依然停留在長尾身上。他慢慢地咀嚼著，豐腴的松鼠肉釋放著溫暖、充滿誘惑的氣味。

我們和其他族貓一樣飢餓，但我們必須擁有狩獵的能力。讓戰士在照顧其他貓時忍饑挨餓根本毫無意義的。我輕而易舉地抓到了這隻松鼠，我們一定能抓到更多。

長尾低下頭，咬著新鮮獵物。他的頭頂吹來一陣冷風，將樹林吹得嘎嘎作響，陰暗的天空下、灰濛濛的岩石，接著一片寂靜無聲。

不久，大雨如注，峽谷兩側變得十分濕滑，他們小心翼翼地叼著狩獵的獵物往下走去。

長尾幸運地抓到了第一隻松鼠後，想再找到獵物卻變得很困難。他們能帶回去的只有兩隻老鼠和一隻又老又醜的黑鳥。

兩隻貓拖著剛狩獵到的獵物行走在泥地上，各自沉默地走向荊棘通道。暗紋躊躇不前，迫使長尾走在最前頭，荊棘叢刮在他身上，彷彿比原來更加鋒利，那隻黑鳥的一根羽毛在他的喉嚨裡刷來刷去，令他窒息而氣惱。

長尾快步走入空地，環看四周，希望能看到一長排饑腸轆轆的貓等候在獵物堆旁。但空地上空蕩蕩的，地上水漬映著亮光，雨滴彈來跳去。

暗紋走到長尾身邊。他們並肩站著，將捕獲的獵物放在面前。他們倆還沒來得及開口，斑葉窩周圍的鳳尾蕨叢中便傳出了一聲哀鳴。

「罌粟霜！不！不要離開我！」是她的女兒玫瑰尾在哭喊。

「她是時候加入星族了。我們的戰士祖靈在等待她。」悲傷的語氣令斑葉的話含糊不清。

長尾看向暗紋，一陣內疚從心中湧上：「我們來得太遲了！罌粟霜已經死了！斑葉說要想戰勝疾病，她就必須吃東西，可是我們卻沒能及時趕回來！我們不該吃那隻松鼠的！」

「閉嘴！」暗紋嘶吼道。「你是怎麼了？為什麼長老們就該活下去，而我們卻不該？反正罌粟霜早晚都會死的。為了讓戰士們存活下去，我們就應該讓那些老而無用的貓離開。部族現在得靠我們，而不是靠他們！」

「我們殺死了她……」

「我們沒有！她又老又衰弱，是綠咳症殺了她。我們對部族來說更重要，我們才應該先進食。你難道不想為你的部族竭盡全力效命嗎？」

「當然想。」

「那你就給我閉嘴，讓你的族貓因為我們帶回來的食物而充滿感激吧。現在需要餵飽的嘴巴又少了一張。為何要把罌粟霜的死歸咎在你自己身上，認為這都是你的錯？」

可是，如果我們能早一點兒回來——如果我們帶著那隻松鼠回來，罌粟霜或許還能活下去。

暗紋緊盯著長尾，彷彿能看穿他的心思。「你會閉嘴的，對嗎？」他吼道，同時眼神流露出了威脅的意味，「畢竟，我看到你吃那隻松鼠了。我會告訴他們你做了些什麼，你是怎樣堅持要偷吃本來屬於長老們的獵物，你是如何拒絕讓我把牠帶回營地的。」

長尾頓時感覺到體內變得冰冷。「我可沒說什麼！」他咆哮道，「我們被派出去狩獵，這就是我們該做的。沒有其他的戰士能做得比我們更好。」

當他低頭叼起那隻黑鳥走向獵物堆時，一陣溫暖的空氣吹過他的皮毛，一股熟悉的氣味迎面襲來。長尾恐懼地抬起頭。

罌粟霜！真對不起！

太晚了，這是無聲的回答。太晚了。

戰士守則四

只能為進食而獵殺獵物。感謝星族賜予你食物。

當你開始進食時，擁有食物的你會感謝誰？很久很久以前，影族一位明智的族長百合星讓我們懂得尊重我們的獵物，讓我們明白要感謝戰士祖靈的帶領，才能讓我們在這豐饒之處長久地生活下去。

老鼠遊戲

「這邊，小閑！」小飄躲開一根落到地上的樹枝，從樹枝上面伸出腦袋呼喊著妹妹。

小閑鑽出來，將他們玩耍的老鼠推向小飄。老鼠癱軟的身體打滾在泥濘的地上，留下淺淺的痕跡。雪才剛剛融化，影族營地十分潮濕，腳掌下還能感覺黏糊糊的，有種髒東西和融雪混雜的氣味。

每天晚上，小貓們的母親斑鼻都要為他們舔乾淨毛裡的泥巴。

小飄爬上樹枝，撲下來，落在老鼠身上。小飄知道自己會成為影族有史以來最棒的戰士！他將把那些骨瘦如柴的風族貓的眼睛挖出來；他將追逐肥胖的河族貓，直到他們跑斷腿；他將悄悄襲擊雷族貓，撕爛他們的耳朵……

「小飄！看在星族的分上，你為什麼要那樣對待老鼠？」

小飄嚇了一跳，從老鼠身上跌落下來。一

隻薑黃色和白色混雜的母貓搖晃著橙色尾巴大步朝他走來。

「我只是在練習成為一名戰士，陽光尾。」小飄結結巴巴地對影族副族長回答道。

陽光尾低頭盯著老鼠：「現在牠已經不能吃了！斑鼻知道你在做什麼嗎？」

這時，小閑走了過來。她淺棕色的毛髮豎立著：「她在育兒室，她叫我們到外面來玩。」

陽光尾搖搖頭，說道：「這是我們捕獵剩下的最後一隻獵物。現在，整個族貓都將會挨餓，直到下次狩獵巡邏。」

「對不起。」小飄低聲說道。

此時，他真希望眼前有一個大洞，好讓自己跳下去，不會再挨罵。沒有貓跟他說過不能玩老鼠！他只是在無聊亂玩罷了。因為下雪，他都在窩裡憋了好幾個月，腿腳癢癢得彷彿能一口氣跑到戰士們談論過的轟雷路去。

育兒室旁的枝條嘎嘎響起，一隻頭上有白色條紋的深棕色虎斑貓出現了。「怎麼啦？」她大喊道。

「小飄正在玩弄我們的最後一隻食物，斑鼻。」陽光尾回答道。

「我覺得他們一定不知道那是最後一隻獵物。」斑鼻辯解道。

「他們一定知道！」陽光尾爭辯道，「獵物堆裡什麼都沒剩下。」

「真的嗎？」一隻淺灰色貓走過來，她的尾巴狐疑地蜷縮在背上。她看看副族長，又看看小飄，「是你拿走了我們最後的食物嗎？」

小飄盯著堅硬的地面，真想用爪子挖個洞把自己埋起來。居然被百合星撞見這一幕，他真的很倒楣。

「是我拿走的。」他小聲地回覆影族族長的疑問。

「這並非他的錯。」斑鼻插嘴道，但百合星抖抖尾巴示意她住口。等到她再次開口時，她的語氣卻出乎意料的溫和。

「小飄，你不該拿走那隻老鼠並玩弄牠。我們的獵物十分稀少，不能夠這麼浪費。那隻老鼠之所以死去，不是讓你用來當玩具的，而是為了讓我們在漫長的禿葉季得以生存下去。你明白嗎？」

小飄點點頭，但目光依然停留在地面上。他身旁的小閑開口回答：「明白了。」

忽然，一個影子突襲空地，小飄的頭頂上傳來一種奇怪的呼嘯聲。

「是貓頭鷹！快跑！」斑鼻尖叫起來。眾貓急忙跑向安全地帶。

小飄頓時嚇呆了，全身無法動彈。他抬起頭，眼看著那隻巨大的白鳥俯衝而下，越來越近，近到牠能看清牠胸口的每一根羽毛，還有鋒利的鷹鉤爪，以及那雙瞪著他的黃眼睛。

他幾乎喘不過氣來，等著被抓到空中。

最後關頭，貓頭鷹折起雙翅，伸出爪子。越來越近，就要抓到了……接著，他拍打著壯碩的翅膀，重新拉升回到空中。

小飄睜開眼睛，他依然站在地上，只是那隻老鼠不見了。等他抬頭看時，那具被玩得破爛的屍體正在貓頭鷹的爪子下晃蕩，越來越小，越來越小，直到和大鳥一起消失在樹木間。

斑鼻衝向小飄。「你沒事吧，孩子？」她喘著氣，圍著他嗅個不停。

小飄滿不在乎地聳聳肩。勇猛的戰士在贏得了一場戰鬥後，才不會被他們的媽媽搞得大驚小怪呢。「我很好。」他低聲說道。

百合星豎起耳朵，凝視貓頭鷹離去的方向。「這是一個徵兆。」她宣布道，「星族給了我們獵物，然後又將它拿走。我們能吃到食物，應該感謝我們的戰士祖靈。是他們為我們提供了每一口食物，還傳授我們捕獵的技能，讓我們能餵養自己。我們擁有的一切都歸功於他們，我們永遠也不能忘記。從下次大集會開始，戰士守則將增加一條：只能為進食而獵殺獵物。感謝星族賜予我們食物。這才是戰士之道。」

戰士守則五

小貓至少要滿六個月才能成為見習生。

事實證明，小貓必須成長到足夠強之後，能勝任戰士角色，並接受適當的訓練，才可以參與戰鬥。不過很久以前並非如此，感謝一位母貓的愛阻止這些脆弱生命被摧毀的可能。

貓后結盟

「進攻！跳躍！重擊！打滾！不對，打滾。」黛尾看著紋掌掙扎起身，氣喘吁吁地搖著腦袋，並一直往後縮躲。

紋掌似乎很茫然，一隻耳朵尖上正冒出血珠。他的導師石板毛將他推向訓練場上的另一名見習生蛭蛇掌。

「再試一次。」石板毛無情地命令道。

黛尾不忍心看著紋掌撲向對手。一個月前，他那長著斑紋的淺棕色腦袋還在她懷裡找奶喝。

而蛭蛇掌訓練了好幾個月，看起來已經完全長大。紋掌站在他旁邊，腦袋只到他的肩膀。黛尾聽到身後傳來重擊聲，急忙咬住自己的舌頭，不讓自己高聲哭泣起來。

「你看到了嗎？」紋掌大喊道，「看到了嗎，媽媽？你看到了嗎？我剛才把蛭蛇掌推倒了！」

黛尾轉過身，強迫自己發出讚許的呼嚕

聲。從蝰蛇掌和石板毛交換的眼神中，她看得出年長的見習生是故意讓這隻小貓獲勝的。

「做得好，小傢伙。」她喊道。

紋掌頭頂的毛髮豎立著，她多想走過去將它舔平啊。「在不知不覺中，你將會成為一名戰士！再也不需要我的奶水餵哺。」她默默地補充道。

石板毛對著黛尾點點頭：「他學得很快。這很好，我們很可能就快要跟影族交戰了，這能應用上。我們發現他們在光天化日之下盜獵兔子，榛星是不會讓他們那樣做的。」

黛尾沒有回答。她的孩子還太小，根本不能參加真正的戰鬥。他甚至連那些永遠都不會撓破他的皮，抓傷他的眼，撕碎他耳朵的族貓都無法戰勝……

「黛尾？你沒事吧？」育兒室入口，一張深棕色的臉正焦慮地凝視著她。鷹足的三個孩子都比紋掌小半個月。他們現在隨時有可能成為見習生，此時正在窩裡忍不住地蹦蹦跳跳練習他們的格鬥動作。

「我們將會與影族發生另一場戰鬥。」黛尾大聲喊出，「我不能讓紋掌參戰，絕對不能！」

「可是你別無選擇。」鷹足提出事實，「紋掌現在已經是見習生了，這正是他接受訓練的目的。」

黛尾抬起頭：「如果你的孩子沒多久後成了見習生，你會讓他們去嗎？你明明知道他們將要面對的是嗜血成性的影族戰士？」

鷹足用前掌撥弄著一根黑莓藤蔓，說道：「為部族提供新的戰士是我們的責任。」

「那麼，看著那些戰士還沒來得及長大就去送死，也是我們的責任嗎？」黛尾不服氣地說道。她轉過身，大步離開育兒室。

「你要去哪裡？」

「去阻止這一切。」

一輪黃橘色的太陽在高沼地邊緣緩慢移動腳步，慢慢爬入草地。將天空變成了粉奶色。在岩石和灌木影子的籠罩下，露珠如同星光般閃爍著。榛星正站在一塊岩石上對他的戰士們說話。他們在他兩側各自成排，面向被一排矮小樹木標記出的影族邊界。

「風族的戰士們！」榛星喊道。隊伍遠端傳來了不滿的低語聲。榛星抽了抽鬍鬚：「還有見習生們！影族偷竊我們太多次了！我們得教訓教訓他們，讓他們明白風族的邊界有多堅固，他們將被利爪和尖牙打敗，我們的獵物只為我們的部族而存在！」

貓群立即發出支持的叫喊聲，揮舞的尾巴如同綠草搖曳著。

邊界另一邊的樹林裡傳來了一聲嚎叫。樹木

下的草在晃動，一排影族戰士走了出來。

一隻綠眼睛的白貓站在最中間。「你確信嗎，榛星？」他冷笑道，「你的一些戰士看起來弱小得可憐。」

榛星的目光掃過風族最小的見習生們，站在族貓們身旁，他們忽然顯得更加纖弱。

「我要說的是，我們彼此彼此。」榛星冷靜地回答道。他巡視著影族另一邊的貓群，其中一隻母貓的耳朵還長得比小貓的還小。

雪暴星咧咧嘴。「那我們就較量較量看看。」他吼道，「影族，進攻！」

「停下！」黛尾忽地跳到她剛才藏身的岩石上，鷹足跟著爬上去，站在她身邊，「我不會讓你們戰鬥的！」

雪暴星目瞪口呆地瞪著貓后：「你的族貓都這麼害怕戰鬥嗎，榛星？」

「這並不是害怕。」影族貓隊伍中突然有一隻貓開口道。她走進空地，琥珀色的眼睛反射著陽光。

「橡葉？看在星族的份上，你在做什麼啊？」雪暴星問道。

黛尾從岩石上跳下來，走進排列兩支戰鬥隊伍的中間空地。腳下的草地是如此涼爽而富有彈性，她不能讓它被孩子的血染紅。「我們是來阻止戰爭的。」她宣告道。

令她欣慰的是，儘管她的心在顫抖，但聲音卻沒有絲毫怯意，「這裡的一些見習生才剛剛從母親那裡斷奶。他們太年輕了，不能去死，不能戰鬥，不能被當成成年的戰士。」

影族貓后立即站出來支持她：「兩天前，黛尾和她的族貓鷹足來找過我。她告訴我，她不想讓她的孩子在還太小、不能為族貓而戰時便捲入戰爭，她問我是否願意讓我的孩子就這樣死去。」

當雪暴星發出質疑的咕噥聲時，貓后立即轉身解釋道：「我在大集會見過黛尾一次，當時我們了解到，我們倆都懷有小貓了。她記得我，知道我和她一樣，不想讓我的孩子去戰鬥。」

榛星看著黛尾，「你這是什麼要求？」他疑惑地質問道，「我們永遠都不要戰鬥了嗎？你真的認為部族可以那樣存活下去？」

黛尾搖搖頭，回答說：「不。我知道，戰爭是我們生活中的一部分。它是戰士接受訓練目的的原因。但他們應該在成年後，有獲勝的機會時，才被安排參戰。讓這麼小的孩子接受訓練，然後在他們面臨的第一次衝突中喪命。這有什麼意義呢？」她透過眼角的餘光，看到紋掌躲到了蛭蛇掌的身後。他窘迫得渾身上下的每一根毛髮都刺痛著，不願迎接她的目光。

黛尾覺得很好笑。總有一天，他會理解的。因為他將能活下去，並終究會明白自己的母親為什麼這樣做。

橡葉在草地上小跑而過，站到黛尾和鷹足身旁。「我們是聯盟，雪暴星。」她告訴他。她朝影族隊伍點點頭，幾隻母貓隨即出列。黛尾對她們點頭致意。這些貓后中的一些已經很老了，不會有和她一樣年幼的孩子，但她們卻有著同樣的感受：年輕的貓不應被要求參加戰鬥。草地沙沙作響，風族的母貓們也加入了她們，與影族對手並肩而立。

黛尾屏住呼吸，來回看著榛星和雪暴星。族長們依然可以命令他們的戰士戰鬥。那麼，接下來將發生的一切，只會是她被迫眼睜睜地看著自己的孩子倒在某個碩大的影族戰士的腳下，完全站不起來。

「榛星？我們的貓后已經發言了。」雪暴星從戰鬥隊伍中走出來，堅毅地望著敵對部族的族長，「我們要不顧她們，繼續戰鬥嗎？」

薑黃色公貓頓了頓，將目光落在母貓群上，然後再看著他那弱小的年輕戰士。接著，他再度面向雪暴星說：「失去我們部族未來的希望有什麼意義呢？如果我們能讓他們成長得更加強壯，戰鬥將更容易獲勝。」

黛尾幾乎呼嚕出聲。榛星剛才盡量讓他的話聽起來像是對影族威嚇，而非一個削弱自己戰線的決定。

雪暴星點了點頭：「如果你撤出你那些最年輕的貓，那我也必定撤出。影族絕不能被指責在戰鬥中不公平。」

「我永遠也不會提出這樣的建議，」榛星低聲說道，並轉頭問黛尾，「你打算怎樣確保所有的部族都讓他們最年輕的貓遠離戰鬥呢？」

黛尾緊張地吞了吞口水。族長是在向她請教嗎？她的腦子飛快地轉了轉。「我應該給戰士守則補充一條。小貓必須——」她環顧著戰鬥隊伍，以便判斷哪些貓看起來年齡足夠大了，能夠勝任接受過充分訓練的戰士角色——「至少要六個月大，才能成為見習生，接受訓練。」

橡葉用尾尖刷過黛尾的肩膀：「在那之前，他們必須生活在營地內，由貓后們負責他們的安全。」

榛星點點頭。「我覺得不錯。感謝你，黛尾。也謝謝你，橡葉。」他朝影族貓后點了點頭，「雪暴星，我們算是達成協定了嗎？」

影族族長也點了點頭：「是的。下個月月圓之夜，我們就把這條協議帶到大集會。」

黛尾凝視著看起來隨時都會因為沮喪而發火的紋掌。**還會有別的戰鬥的，我的小戰士。但不是現在，不能在你還沒有準備好的時候。**

最小的戰士

只有最執迷不悟的族長才會違背保護小貓的守則，影族的碎星就是這樣的貓……

風族戰士伸出爪子騰空而起，瘦小的黑白色公貓哼都沒哼一聲，便倒在地上。鮮血從他的耳朵裡流出來，跟灰塵混雜在一起。堅牙掙脫那隻想用牙齒咬住他尾巴的戰士，跳到一動不動的族貓身旁。

「放開他，你這骯髒傢伙！」堅牙吼叫著。接著，他低下頭，用牙齒咬住獾掌的後頸。

見習生的毛髮依然柔軟而蓬鬆，讓堅牙的鼻子搔得發癢。他眨眨眼，忍住噴嚏，叼起那弱小癱軟的身子，將他帶到風族營地的邊緣。在他身後，尖叫聲和衝突聲在曾被風族當做家園的淺坑中回蕩著。那裡所有的窩都已被踏平毀滅，地上滿是黏稠的鮮血。

碎星說得對，這場戰鬥將迫使風族別無選擇，只能離開高地，而影族的獵者將會接管這片領地，讓他們成長中的部族可以吃飽肚子。可獾掌不會再有長大的機會了。他的呼吸又急又淺，身子散發一種奇怪的氣味，如同血和腐食的酸味。任何貓都無法幫助他了。

堅牙憤怒地搖搖頭。他已經向見習生傳授了自己所學過的每一種格鬥技巧，並確信他能像其他一名見習生那樣俯身、打滾、揮爪。

但獾掌畢竟只有三個月大，他體型太小了，無法對抗成年的風族戰士。他的四肢太短，不能觸及對手容易受傷害的腹側、眼睛和耳朵等部位。當導師被要求訓練一個小貓時，他能為此做什麼呢？

戰士守則說，小貓必須至少六個月大才能成為見習生，儘管這讓堅牙很擔心。但卻不及他對碎星的恐懼。堅牙辜負了族長的期待。碎星一定會讓部族裡的每隻貓都知道這一點的。

他轉過身，準備放下見習生，去教訓教訓那個長著狐狸臉的風族戰士，讓他永遠無法忘記。

獾掌雙眼微睜問道：「堅牙？是你嗎？」

堅牙答道：「是的，是我。」他的心一沉。獾掌就要死了，還浪費時間跟他說話毫無意義。

「我……我還好嗎？」獾掌微弱的聲音急促地說道，他的腳掌落在塵土中，嘴角流出一滴血，「我想努力記起你告訴我的一切。」

堅牙盯著那遍體鱗傷的身體，難道他真的認為自己戰鬥得很出色嗎？從第一聲戰鬥咆哮劃破天際開始，他就完全沒有過任何勝利的機會。

「我希望碎星能以我為榮。」獾掌繼續說道，他的眼神開始黯淡，眼睛漸漸閉了起來，「還有我的媽媽。」

堅牙忽然覺得心裡有什麼在翻動。他該怎樣跟蕨影說呢？難道告訴她，她的孩子因為太小、太弱，反正都要在這場戰鬥中死去嗎？

「蕨影會為你驕傲的。」他說道。

獾掌努力地睜開雙眼，直直地盯著堅牙：「你會為我感到自豪嗎？」

堅牙在獾掌身旁蹲下。用尾尖拂過見習生的眼瞼，讓它們重新闔上。「你做得很好。」他低聲說道。

「如果沒有我，你會沒事吧？」

獾掌焦急地問道。他動了動腦袋，從他的耳朵裡有更濃更多的鮮血流了出來。

「我們會盡力的。」堅牙嚴肅地回答說，「我們會記著你，記住你是多麼的勇敢。」

那弱小的黑白胸膛自豪地挺了起來。或者，這只是堅牙的幻想？

「你覺得星族現在會讓我成為戰士

了嗎？」

堅牙艱難地嚥了口水，彷彿喉嚨中嵌入了一塊石頭：「我相信他們會的。」

「我的戰士名會是什麼呢？」獾掌很渴望知道，他的聲音更加微弱了。

「我想他們會讓你選擇自己的名字的。」堅牙回答說。他感覺喉頭更加腫脹，很難說出話來。

「我想被叫作獾牙。和你一樣，因為你是一位非常偉大的導師。」

堅牙向前探出身子，將口鼻輕輕地放在見習生的頭上。「那將是我最大的榮譽。獾牙是個很棒的戰士名字。」他能察覺到獾掌的呼吸更加急促了，身體劇烈地起伏著，「往後的日子裡，你將會一直在星族守望著我們。」

獾掌輕吐了口氣，身體靜止不動。

堅牙站起身，「你不該現在就死去的。有生之年，我將謹遵戰士守則，不訓練那些還在母親懷裡的孩子。星族在等待你。去吧，小傢伙，與戰士們一起前行。」

戰士守則六

剛獲得任命的貓戰士，在得到他們的戰士名後，必須禁語守夜一晚。

你懂得，成為戰士最大的意義就是可以狩獵，並且為了保護部族而戰。這是貓戰士最傳統的制度，貓兒們早已不記得這傳承是從何時開始，只知道它將會一直延續下去。是一名河族巫醫先想到這件事，要讓一隻貓兒剛獲得貓戰士名時，就必須了解成為戰士的意義何在，並且開始認真地負起保護部族的安全與生存。

一夜凝聽

「草皮！草皮，我們需要你！」草皮放下正在撕扯的柳樹枝，從那些將他的窩與營地其他窩遮蔽住的淺黃色莖稈中走出去。

現在是綠葉季，只有這時，腳下的地面才會乾燥多沙，而不是積水成池。幾隻河族貓已經站在空地上，焦急地等著其他族貓走過來。忽然，蘆葦相互碰撞，發出簌簌聲，一隻體型瘦小的黑色公貓衝了出來。「蛇牙受傷了！」他呼喊著。

「出什麼事了，痣鬚？」鱒星問道。

就在這時，又有兩隻貓出現了，他們還支撐著第三隻貓。他深棕色的腦袋低垂著，一隻後腿無力地拖在身後。

鱒星回頭望去：「草皮，快來看看。」

草皮奔上前，看了一眼眼前的傷貓。最近一個月來，這已不是他第一次為這些年輕戰士療傷：痣鬚在試跳過河流時，摔傷了一隻腳掌；而那隻名叫閃毛，後背上有獨特雙色條紋的淺棕色虎斑貓，最近在濃密的蘆葦叢中奔跑時，把自己的眼珠戳瞎出來。每天，戰士們似乎都會提出新的比賽方式，看看誰最強壯，速度最快……或者是誰最鼠腦袋，草皮生氣地想。

草皮和蕁麻墊將蛇牙放在空地中央。草皮查看了他彎著的腿，注意到斷裂的骨頭從皮膚下突刺出來，很難用薄木片把他的後腿夾起來，蛇牙可能再也無法正常行走了。

「這次又是怎麼了？」他嘆了口氣。

「我們比賽看誰能爬上四喬木中的其中一棵。」

蛇牙咬著牙、低聲說道：「我贏了。」

「你真該去看看他！」閃電毛脫口而出，「他實際上是爬上了一朵雲！」

「要是我看到了他，我是不會讓他去做這種完全鼠腦袋的事情的！」草皮吼道，「你們什麼時候才能學會不再炫耀，學會把部族擺在第一位啊？按照這種頻率，過不了冬天，部族的戰士就不夠了。」他抬起頭，環顧四周，發現了自己才剛接收的見習生燕麥掌：「燕麥掌，取一些罌粟籽給我，好嗎？」

燕麥掌帶回幾枚微小的黑籽。

「把這些舔下去。」草皮告訴蛇牙，他轉身對著燕麥掌說，「幫我把他送到我的窩。今晚他得待在那裡。」

月光透過蘆葦照射下來，在巫醫窩的地上投下細長的尖影。草皮聞了聞蛇牙，確定他沒有受到感染，然後才踏著沉重的步伐走過空地，走向自己的窩。

蘆葦分開成兩邊，痣鬚、閃電毛和蕁麻墊從狹小的空間擠了出來，走到同伴身邊。「我們想看看他是否好點了沒。」痣鬚壓低聲音說道。

「現在就要看星族的意思了。」草皮回答說，「我已經竭盡所能。你們都回自己的窩去，讓他睡覺吧。」

可是話說得有點太晚了。蛇牙轉動身體，從苔蘚枕頭上微微抬起頭。「嘿，大家！」他聲音沙啞地說。

蕁麻墊彎下腰朝他說道：「你的腿怎麼樣了？看起來可真粗！」

草皮甩動著尾巴：「你們可以待一會兒，但時間不能太長，明白嗎？」

三名健康的戰士望著他，嚴肅地點點頭。草皮咕噥一聲，從環繞他窩的蘆葦叢中穿過去，躺了下來。他太累了——年紀大，耳朵也有些聾了，這一點他不得不承認——不過，他還是能聽到戰士們和蛇牙的低語聲。

「你一定很快就會好起來的！」

「滿月之夜，我們要躍入峽谷，你還記得嗎？」

「是的，我打賭你不敢，如果你不跳的話，那就算我贏了！」是蕁麻墊在說話，他的語氣充滿了興奮。

「噓！」閃電毛嘶鳴起來，「別讓所有的貓都聽到你說話！你知道那些老貓，他們永遠不願意讓我們享受樂趣。」

「他們多希望自己也夠年輕，可以躍入峽谷啊。但我敢說，他們從來都沒有勇氣嘗試。他們跟我們可不一樣！」痣鬚得意地說道，彷彿他能長出翅膀，安全地滑過在領地邊緣那翻騰怒吼的河水沖過的峽谷。

「看，他睡著了。」閃電毛低聲說道，「行了，我們離開吧。」

草皮聽著他們離開，對他們的愚蠢氣得毛髮都豎了起來。他的腦海裡充滿了危險的預兆，遲遲不能入睡。

「鱒星，我能和你談談嗎？」第二天，酷熱無情的陽光在蘆葦間和河面上跳躍。正在打盹的河族族長睜開眼。他蹲伏在岸邊的一塊石板上，灰色的毛髮和被太陽曬得變色的石頭融為一體。「蛇牙沒事吧？」他擔憂地問道。

草皮嘟噥道：「你是指他會不會完全失去意識嗎？他會活下去的。但是否還能狩獵和格鬥，那我就無法保證了。」

鱒星搖著頭說：「我真不明白，這些戰士為什麼總是做那些荒唐的事。」

「這正是我想和你談話的原因。我希望能夠去月亮石徵求星族的意見。」

灰貓驚訝地望著他：「你真的覺得有必要把星族牽扯進來嗎？」

草皮點了點頭：「是的，有必要。我們撫養的一代戰士，居然都只想著玩樂。沒有足夠的見習生使他們都成為導師，因此，他們把時間浪費在一些愚蠢而危險的遊戲上。他們都受過傷，但這卻沒能阻止他們。你知道他們打算在滿月之夜跳入峽谷嗎？」

鱒星的尾巴立即豎了起來：「不，我不知道。草皮，如果你覺得星族能幫助我們，那你就必須去。但願星族有答案等著你。」

黃昏之後，草皮才抵達高岩山的入口。石林突刺於灰色的天空中，整個周圍黑矇矇。草皮盡量讓自己心無雜念，感受向下坑道中的漫長昏暗。他到達底部，看到那個月光將月亮石映射得熠熠生輝，並把石室照亮。草皮在月亮石的旁邊蹲俯下身，口鼻貼在這塊鋒利冰冷的岩石上。

「星族啊，請告訴我怎樣才能讓我的族貓平安。他們是部族賴以生存的保障，成為戰士之後，他們就不能再像孩子似的玩鬧。」他閉上雙眼，河岸的氣味立即拂過他身上的皮毛。他能聽到水流翻騰而過，低吟著拍打在石頭上，微風吹過，蘆葦簌簌作響。

他睜開眼睛，發現自己正趴在河族的營地中央，貓群在他周圍活動，正準備睡覺。草皮大吃一驚，發覺自己並不認識他們中的任何一隻貓──不，應該說他無法把他們看得太清楚，他們的臉似乎朦朦朧朧的，體味也被風混合在了一起，讓他無法將他們一一區分。甚至連他們的聲音都顯得含混不清，有些熟悉卻又聽不清楚。他靜靜地趴著，把下巴擱在腳掌上凝聽。

「我們追蹤那隻狐狸到了邊界，希望牠會離開。」有個聲音說道。

「明天由我來執行黎明巡邏，所以我會注意任何新的氣味。」有貓在回答。

「長老們相信牠會回來。」另一個聲音說著，「他們說狐狸決定是否在某個地方居住下來前，會對那裡進行兩次探查。我想我們應該接受他們的建議，做好再次驅逐狐狸的準備。」

「我答應過明天會帶全部見習生上一堂捕魚課。你能替我完成一次狩獵巡邏嗎？」

「當然可以。跟那些孩子在一起，讓我哪天替你都行。我們需要充足的新鮮獵物。你見識過貓后在哺育期時的食量有多可觀嗎？」

其他的貓立即發出打趣的喵嗚聲，草皮也咕噥出聲。不管這些貓是誰、他們都是可以讓河族引以為豪的那種戰士：勇敢、忠誠、勤奮，很清楚整個部族是多麼依賴他們，從最虛弱的長老到最弱小的小貓。

溫暖的曙光喚醒了草皮，他坐起來，眨眨眼，陽光已灑滿洞穴。此刻的月亮石顯得黯淡了，與其他任意一塊石頭一樣反射著陽光。就是這樣嗎？他花了一整夜在自己的星族裡，聽著身份無法確認的貓談論他們的生活？這會有什麼幫助呢？

他的腦海裡響起了一個最微弱的回音：一整夜都在自己的部族裡，傾聽……

可是它能為我提醒有怎樣的答案，來教導我們那些鼠腦袋的戰士？

他的耳朵裡一片寂靜。他該對鱒星說些什麼呢？

一夜的傾聽……

聽那些關心部族，理解自己的職責，自己為履行職責為榮的貓們侃侃而談。

這就是戰士們需要的嗎？

草皮開始朝滿是岩石的山下跑去。星族已經給了他答案！

「一整夜？來思考成為戰士的意義？」鱒星似乎不大相信。

草皮也開始懷疑這到底是不是一個好主意。他瞭解目前的河族貓，他們只想著在晚上玩各種各樣的遊戲。

但草皮沒有表現出自己的懷疑。離月圓之夜只剩一天了，就算戰士們運氣好，整夜不眠……會讓他們非常疲倦，無法去實施那個愚蠢的躍入峽谷的計畫。

當鱒星向他們解釋必須要做的事情時，年輕的貓們全都目瞪口呆；花上一整晚靜默守夜，在他們的族貓睡覺時守候營地。「同時，要確信你們在傾聽！」他嚴厲地補充道。

太陽已經落到柳樹那兩腳獸穀倉的輪廓下。族貓們準備睡覺了。痣鬚、閃電毛和蕁麻墊待在空地中央，對於自己將要做的事情感到很是困惑。

草皮不能責備他們，也不確信自己是否真的理解了星族的意思。他鑽進自己的窩裡，進入了夢鄉。

「有狐狸！快醒醒！狐狸來襲了！」

草皮來不及睜大眼睛，就站起身衝入空地。營地沐浴在清冷的淡色月光中，眾貓紛紛從蘆葦叢中湧出，威嚇地嘶鳴著。蕁麻墊站在空地中央，渾身的毛髮豎立著。

「我們聽到了一隻狐狸的聲音！」他喘著氣說，「他在偷偷地朝育兒室靠近。痣鬚和閃電尾要去趕跑牠。」

鱒星朝兩名資深戰士點頭示意道：「去追他們吧。確保他們不會試圖與狐狸進行正面衝突。我們只需將牠趕出我們的領地。」

一隻長著薑黃色斑紋的母貓走向蕁麻墊，兩隻年幼的小貓擠在她身旁。「你救了我們的命！」她大聲說道，「謝謝你！」

「我甚至都沒有聽到那隻卑鄙的老狐狸朝我們爬來！」一隻小貓吱吱地說。

「是啊。雖然你有一副那麼大的耳朵！」他的同窩手足調侃道。

「才不大咧！」

「很大啊！你看起來像隻兔子！」

自草皮走向蕁麻墊。後者現在成了目光的焦點，顯得很不自在：「日斑說得對，你救了她的命，還有她的孩子

們。你應該感到自豪。」

蕁麻墊退後幾步：「那是因為我們按照你說的，都保持安靜。要是我們在各自的窩中，肯定聽不到狐狸的到來。」

草皮眯起雙眼：「你們或許在策劃跳進峽谷，或者爬上四喬木的那棵巨橡，又或者在蘆葦叢中互相追逐，嚇唬獵物。」

蕁麻墊馬上垂下耳朵、低下腦袋說道：「對啊，我想嚇獵物是非常愚蠢的事。」

就在這時，閃電毛和痣鬚疾馳著跑過空地，身後是那兩名資深戰士。「我們一路把那隻狐狸趕到邊界！」痣鬚喘著氣，眼睛裡閃爍著勝利的光芒。

「短時間內，狐狸應該不會再回來了！」閃電毛大聲喊道。

「別這麼自信。」一位叫做蕨葉的長老說，「狐狸有個習慣，他們決定是否在某個地方定居下來之前，會再回來探查一遍的。你們得準備好，會需要追逐牠。」

痣鬚脫口而出，承諾道：「沒問題。」

閃電毛注意到，一排見習生茫然地從他們的窩裡向外窺探。

「嘿，你們好！我知道一些非常厲害的狩獵技巧！你們想讓我今天教你們嗎？」閃電毛說道。

蕁麻墊點點頭：「不騙你們，她的確很棒。我會替你進行狩獵巡邏的，閃電毛。」

「謝謝你，真是太好了。」

草皮目不轉睛地看著眼前發生的一幕。他的視線周遭，一張張貓兒的臉在他的眼前定格，一種種氣味像雨滴一樣落下。一整夜的傾聽將這些貓轉變成了讓河族引以為傲的戰士。

「謝謝你，草皮。」身旁的一個聲音說道，是鱒星。

草皮點點頭。「謝謝星族。」他粗聲粗氣地說。

「明晚的大集會，我將建議，在戰士守則裡新增一部分內容：所有剛成為戰士的貓兒都必須花上一整夜的時間、靜默守夜，以便讓他們明白部族是多麼需要他們。」鱒星繼續說道。

草皮點點頭，在他心中，一隻自豪的小蟲子正滿足地生長和膨脹。是的，使它成為戰士守則的一部分，讓所有的貓都經歷一夜的傾聽。

松鼠飛的建議

誰知道呢，總有一天，或許連你也必須守夜。下面是松鼠飛的一些秘訣，可以幫你度過那一夜——如果你是一名雷族戰士，千萬不要錯過！

戰士的一生中，守夜是最值得自豪也是最可怕的一夜。對我來說就是如此！必須一整夜不睡覺，守護部族，盡量不打瞌睡，哪怕是一片葉子落地，也要撲過去，以防是敵貓來襲。

因此，我將向你傳授一些如何度過靜默守夜的祕訣。這樣，等到真的輪到你時，你就會做好準備了。首先，不要待在靠近戰士窩的地方，此起彼落的鼾聲會讓你也渴望打盹，或者會震聾你的耳朵。要是你感到睡意襲來，那就跳上高岩石。當然，要安靜。以免吵醒火星。

我知道，我知道，我們不該到那上面去，怎麼樣做會使你精力充沛，讓你更加興奮。在舊森林裡經歷戰士靜默守夜時，我在午夜時爬上高岩石，那感覺太奇妙。

營地看起來如此微小！我當時就想，把所有的貓都召集在一起該是多麼美妙的事情啊……別這樣看著我，你知道我永遠不可能做出那樣的事。我說的是實話。

即使你不到高岩石去，也一定要時不時地站起來伸展四肢，不然你會覺得自己變成了一塊石頭。要是實在太冷，你可以假裝做一個小小的獵鼠遊戲，這並不會冒犯祖靈。不過不要像我那樣，讓獵物跑到離育兒室很近的地方，否則你會吵醒一些小貓。他們即使在熟睡時，也能聽到正在進行的遊戲哦！相信我，貓后們一定會很不高興的。

要是聽到或者看到什麼值得懷疑的東西，哪怕是一隻從廁所走出來的貓，你都要大聲喊：「誰在那裡？」

安全第一，無論如何總比遺憾要好。畢竟，今晚你負責！整個部族的安全就全靠你啦！很抱歉，我真的不是想讓你發愁。讓我們期盼一切都平安無事吧。

說到底，在靜默守夜時你是不該發出任何聲音的，除非遇到襲擊。在這種情況下，你必須先喚醒火星，然後是戰士們。不要獨自探查任何事情，那樣太冒險了。顯然，如果需要的話，你是可以求助的。口渴了可以喝水，但你一定不能獵食。太陽一升起，你的導師就會來告訴你守夜結束了。

這些聽起來還好吧？我沒嚇唬你，對嗎？

祝你好運！願星族守望著你！

戰士守則七

戰士必須至少指導過一個見習生，才有資格擔任副手。

幸好我們有導師，才能使我們學到的技能和知識永久留存。但偉大的族長明白，僅僅只有見習生從導師那裡獲得寶貴的知識，老師也能學會如何帶領見習生進步，並獲得忠誠與尊敬。如果沒做過導師，怎麼會知道如何當個好副族長，更甚是族長呢？

副族長

「星族啊，請聆聽我作出的選擇吧。橡尾將成為風族新的副族長。」

羽星探出身子，用口鼻輕觸橡尾的頭頂。橡尾閉上雙眼，強忍著曾經的導師卵石毛死去的悲傷。

卵石毛死於一種奇怪而疼痛難忍的腹部疾病，讓整個部族為之震驚。

「橡尾！橡尾！」身後的貓們呼喊著他的名字，但在橡尾聽來，這聲音平淡而沮喪。顯然，他們希望卵石毛成為副族長，而不是他。

「祝你好運，橡尾。」一個聲音傳入他的耳朵。是深灰色母貓晨雲。當橡尾取代她，被確定為副族長時，她絲毫沒有

掩飾自己的驚訝。

「謝謝。」橡尾回答說。晨雲身後是她的見習生迅掌。迅掌正怒視著他，那張蒼白的薑黃色一臉憤慨的表情。

橡尾不知道，是不是所有的年輕貓兒都會對自己的導師如此強烈地忠誠。他還不曾有自己的見習生，因此並不清楚如何訓練一名新戰士，看著他們從笨拙的小貓成長為強壯、靈巧的戰士，會是怎樣的感受。在他的理解中，那只是一件艱難的工作，但卻能夠讓每位導師在自己的部族範圍內構建起永久的聯盟。

晨雲走到迅掌身邊。橡尾聽到了年輕貓的嘶鳴聲：「這本來應該是屬於你的！」母貓搖搖尾巴，示意他安靜。「也許會有那麼一天吧。」她輕柔地低語道。

「橡尾，你得挑選出今天的巡邏隊員。」羽星提醒他。她的語氣幾乎帶著歉意，彷彿她並不是故意向他指明本該屬於他的職責。

「噢，好的，當然。」橡尾結結巴巴地說，「棘豆掌、綿羊尾和苜蓿斑，你們可以去狩獵巡邏——」

苜蓿斑是一隻體型較小的深棕色母貓，鼻子上那塊白斑的形狀恰似苜蓿葉。她打斷了他的話：「我們今早才去狩獵巡邏的。現在，我們該給見習生們進行訓練了。」

橡尾感覺到，有幾位戰士和三名見習生正輕蔑而同情地看著自己。他立即低下頭：「哦，對，當然，訓練。好吧，那你們可以執行傍晚狩獵巡邏吧？」

「當然。」綿羊尾的見習生薊掌說道，「在進行格鬥訓練一個下午之後，我們還得有心情四處追逐兔子。」

橡尾氣得毛髮都豎了起來。難道羽星讓他成為副族長，他就應該了解一切嗎？這不公平！但他必須隱藏自己的怒氣，因為要想成為一名優秀的副族長，他就需要整個部族的支援：「噢，是的，我沒想到這一點。晨雲你可以和迅掌頂替狩獵巡邏嗎？」

晨雲的腦袋歪向一邊。「就我們倆？」她問道。

「呃，不。我會和你們一起去。」橡尾匆忙地作出決定。他瞥了一眼羽星。

羽星微微點了點頭。橡尾覺得非常沒面子。羽星為什麼要在我還這麼沒經驗的時候，就讓我當她的副族長呢？

「你會很出色的，橡尾。」羽星對他說道。她的聲音疲憊而緊張。

橡尾意識到，她一定仍為三天前死去的卵石毛而哀傷。他們此刻正在她的窩中，也就是一處沙地中被掩埋的淺坑裡。

正午剛過，狩獵巡邏隊該出發了。

「此刻，獵物正都跑出來了。你和晨雲、迅掌會抓到很多很多獵物的。」羽星說道。

橡尾聽出了羽星話中含有道別的意思。他立即退出窩內。晨雲和迅掌正在營地中央等候他。迅掌看上去仍然充滿敵意，而那隻母貓的表情則實在難以捉摸。她只是點了點頭，示意橡尾帶隊登上斜坡，進入高沼地。

橡尾很快便發現了兔子那帶著麝香味的氣息，於是疾奔而去。這還是他成為副族長之後的頭一回狩獵，他對自己正在做的事情很有把握。對自己的技巧充滿信心，堅信能為部族找到一份很好的新鮮獵物。

兔子做了一個大膽的嘗試想要甩掉他。但他已經與牠平行，幾乎腳不點地地全速奔跑著。隨著一聲沉悶的頸骨折斷聲。兔子倒了下去。橡尾抬起頭，環顧四周。

晨雲正在追逐一隻年幼些的兔子，她穿梭在溫暖的草地間，尾巴上下跳躍。同時，迅掌在嗅著地面，似乎嗅到了一個鳥窩的氣味。一些蛋排放在地上的一處淺坑，這對貓來說實在是難得的盛宴。鳥兒們瘋狂地保衛著尚未孵化的小鳥。但迅掌在搜索鳥窩方面可是非常出名的，他能把鳥蛋藏在下巴下完好無損地帶回營地。

橡尾感到心裡一些憂慮的疙瘩已經解開。他的族貓顯然是很優秀的，能成為他們的副族長，的確是一種榮譽。

他的身子忽然僵硬起來。空氣中飄來了另一種氣味，既不是兔子也不是剛生下的蛋的氣味，而是另一族貓的氣味。

風從四喬木的方向、雷族的邊界吹來。那些討厭的樹林居民現在想做什麼？他們的速度太慢，體型太胖，根本無法抓住風族的獵物，那他們怎麼還會想要嘗試呢？

橡尾的毛髮馬上豎了起來。他將抓到的兔子藏在樹下的荊棘叢，快步朝邊界跑去。氣味越來越強烈，當他來到接近風族領地邊緣的一處高地時，看到一隊雷族貓正沿著邊界行走，離入侵只有一步之遙。

「你們想做什麼？」他大吼道。

體型最大的雷族貓搖了搖頭。「只不過是在巡邏而已。」他漫不經心地回答說。

橡尾仔細觀察著這個嬌小的貓，看起來像個見習生。鼻子上黏著一坨深棕色的毛。只有一種獵物有那種毛髮。

「你們偷獵了兔子？」橡尾嘶吼道。

那名見習生瞇起眼睛——橡尾肯定，那是因為他心裡有鬼而害怕了——但大個的戰士只是咧咧嘴：「好像我們會浪費體力追逐你們那些皮包骨的獵物似的。」

橡尾張開嘴，清晰地從這些貓身上聞到了剛被捕殺的兔子的味道。沒等他說什麼，晨雲和迅掌已經沿著邊界從遠處疾馳而來。

「我們發現了一隻死兔子！」迅掌氣喘吁吁地說道。「上面有雷族的氣味。」晨雲補充道。她一個急停，朝對方的巡邏隊瞇起眼睛。

橡尾垂下耳朵：「這麼說，你們真的偷了我們的獵物！」

「我們看到時牠已經死了！」雷族戰士大吼道，「我們深知不能浪費好的新鮮獵物——不像你們的部族。」

「看起來的確死了很久，氣味也很怪。」不等橡尾制止，迅掌就說了出來，「也許死了好幾天了。哎呀，你們吃鴉食啊！」

「這不是關鍵！」橡尾嘶鳴道。什麼樣的副族長會讓自己頭一次遇上的對手巡邏隊在入侵和盜獵之後輕易逃脫？

「這些貓偷了我們的獵物！他們必須得到教訓！風族，馬上進攻！」他伸出爪子，衝向最大個的雷族戰士。

令他驚訝的是，對方並沒有試圖跳開或是迎戰。相反，他的眼眶流露出了打趣的神色。緊盯著橡尾。橡尾砰的一聲落地，回頭望去。晨雲和迅掌正站在一旁看著他。

「進攻！」橡尾大喊道。

「別這麼鼠腦袋。」晨雲反駁道，「我才不會因為腐食而讓我的見習生陷入危險呢。要是他們想吃腐爛的獵物，就送他們吧。」

「可是他們入侵了！」橡尾駁斥道。他感覺糟糕透了。

「事實上，我們並沒有。」另一名雷族戰士善意地回覆，「那隻兔子在邊界旁靠近我們的這一側。」

橡尾懷疑地看了看晨雲。她點了點頭。

「你為什麼不早點說？」橡尾問道。

「我正要說，但你沒有讓我們有講話的機會。」晨雲回答道。

「而現在，我想你應該已發現，你自己已經入侵到我們的領地了。」第一名雷族戰士指出。

橡尾動作僵硬地退回邊界。「晨雲，迅掌，我們馬上回營地去。」他宣布道，「我們要告訴羽星，有一隻兔子死在雷族的領地裡。」

晨雲似乎有些驚訝，但她沒有爭辯。這讓橡尾終於鬆了口氣。

「這意味著牠是屬於我們的！」雷族戰士邊朝山坡上走，邊大聲說，「你應該更謹慎地知道你該何時戰爭。」

我的知識還不足以讓我成為一名副族長，橡尾悲哀地想。我要告訴羽星，我無法勝任這個職務。

這一天一直維持了這樣的感覺。

「你犯了個錯誤。你得重新選一名副族長。」

羽星在窩內打量著他，她藍色的眼睛閃爍著神秘的光芒：「當你剛剛成為一名見習生時，難道你就知道所有的格鬥動作和狩獵方法嗎？」

「當然不知道。」橡尾茫然地回答。

「那麼，當你剛成為一名戰士時，你就知道如何帶領巡邏隊，如何尋找最佳的狩獵場所，知道我們的對手最有可能從哪裡越過我們的邊界嗎？」

橡尾搖搖頭。

「那你為什麼會希望自己在成為副族長的第一天就瞭解一切呢？每隻貓都很清楚你有很多要學的，可是一旦學會，你就會像卵石毛一樣優秀。」

「我想不會。」

「回想你當見習生時的情景吧。」羽星繼續說道，「那時，你知道每天要學的新東西會讓你成為一名風族戰士，回味一下那種感覺吧。」

「那不一樣。」橡尾老實說道，「那時候我不需要對整個部族負責。」

「現在也不需要。」羽星指出，「我還是族長。」她偏了偏頭，「你為什麼會覺得自己沒有資格向你的族貓下達命令呢，橡尾？」

「因為我不知道該怎麼做！你看今天發生的事吧，晨雲永遠不會下達攻擊命令。她先弄清了所有的資訊，然後還確信如果戰鬥發生，她的見習生不會陷入危險。她將成為比我優秀得多的副族長。」

「可我選擇了你。」羽星說完沉默了一會兒，而橡尾則儘量抑制住自己的不安。這時，羽星抬起頭，直視著他：「很抱歉。我應該先給你指派一名見習生。那樣你就會習慣於下達命令了，也能體會到派年輕的貓投入戰鬥時，渴望保護他們的導師有何感受。」

聽起來，她是如此坦率而懊惱，橡尾忽然間湧出了對她的關心。她剛剛才失去一名副族長，而現在，他竭盡全力所做的一切，卻只是讓她的生活更加艱難。

「還不算晚。」他堅定地說道，「現在就給我指派一名見習生吧，我可以學。櫻桃羽的孩子們快要六個月大了，讓我來教小刺吧。那樣，別的貓就不能指責我不懂得怎樣當個導師了，而我也會更加明白下達命令的含義。」

羽星迎上他的目光：「如果我這樣做，你會繼續當我的副族長嗎？」橡尾點點頭：「我會盡力成為最棒的副族長。卵石毛也希望我能那樣。」

「你也會像他那樣，成為見習生的優秀導師的。」羽星向他保證。她又繼續說道：「我想，在下次的大集會上，我會建議對戰士守則補充：戰士至少要有一名見習生才能成為副族長。」

橡尾不由得一退。

羽星趕緊補充說：「不過我不會後悔選擇了你，橡尾，而是你說得對。訓練見習生能教會一隻貓如何下達命令，怎樣保護欠缺經驗的戰士，構建起那種能在最慘烈的戰役中生存下去的牢不可破的忠誠。現在，去挑選參加明天黎明巡邏的成員吧。然後，或許你會想去育兒室看看，你未來見習生的情況如何呢！」

戰士守則八

當族長死亡或退休，副手便可以繼任為一族之領袖。

部族形成的初期，族長通常都會從自己的直系血親中尋找繼任者，一般都是族長的孩子，但有時也可能是自己的兄弟姊妹，或他們孩子的孩子。因為族長即受尊重，他們的直系血親同樣也能獲得尊敬，這似乎也是安慰失去一族之長的痛的最佳方式。但並非所有的貓都有和他們的血親有一樣的能力，你將會看到，並不是每個新族長都非常稱職或受到好評。

追隨我的族長

樹林裡一片寂靜，空氣也凝滯著，唯一的聲響就是水流過光滑石頭的嘩嘩聲。

棕色虎斑貓躺在濃密的鳳尾蕨的屏障內，他的呼吸很淺，體側幾乎沒有起伏。「知更翅？」他粗聲說道。

「在，我在這裡，棒星。」知更翅回答說，他湊得很近，沒有因為那隻老貓的皮毛中散發的死亡氣息而退縮，「你的部族很安全。」

棒星的尾尖動了動：「他們不會安全太久，即使我死了，河族也不會滿足。天族必須搶在他們之前再次發起襲擊。這次把戰鬥打進他們的領地去。確保我們會贏。」

「噓！父親。」娥毛趕緊說，「休息一會兒吧，我們明天會把你帶回營地的。」

「這是我最後一次休息了。」棒星低聲說道，「我的第九條命正在溜走，我的戰士祖靈們已經在等候我了。」他那混濁的雙眼盯著他們身後的某處。

知更翅本能地轉身去看，可除了樹木和鳳尾蕨，什麼都沒有。

「我來了，我的朋友們。只要稍微再等一等。」棒星吃力地將目光挪回到身旁黑色和棕色相間的貓兒，「好好率領我們的部族，娥毛。當我從星族望著你時，一定要讓我感到自豪。」

「父親，不！」娥毛呼喊著，但族長的眼睛已經閉上，四肢也鬆弛下來，他交出了自己最後的一條命。知更翅和第三隻貓——天族副族長楓鬚痛苦地交換了一下眼神。楓鬚也一直望著這悲慘的一幕。

知更翅知道，對於讓娥毛成為族長，她一樣充滿關心。他們曾和他一起待在育兒室，並肩接受訓練成為戰士，看著他努力地指導一連串的見習生。

楓鬚走到知更翅身旁，與他一起走向空地去請長老們來埋葬棒星。

「沒有誰會懷疑娥毛對天族的忠誠和對他父親的懷念。」她指出，「昨天，他和我們的其他戰士一樣勇猛搏鬥，尤其是當他的父親倒下之後。」

不過，知更翅卻一個字也沒說。知更翅仍然沒有回答。他想給娥毛一個展示他能領導天族的機會——為了他的族貓們。他們還將在河流靠天族領地的一處，與河族戰鬥，娥毛至少得和他的父親一樣強壯和聰明。

「他會需要我們的支援。」楓鬚繼續說道。

知更翅斜眼看她：「即使我們和他的意見不一致？」

楓鬚抖動著耳朵：「他現在是我們的新族長。星族將指引他前進。」

「所有能夠自行狩獵的貓都來集合，聽我發話！」

雨下得很大，娥星不得不提高嗓門，壓過河水沖過樹林發出的轟鳴聲，以便讓所有的族貓都聽見。他的父親已在前一天被埋葬，今晚，他就要去月亮石接受他的九條命。

「天族貓們！我父親最後的願望就是，我們把戰鬥打到河流另一邊的河族領地上去，徹底證明天族不可戰勝！」娥星宣告著。

他所站的枝條下，一群族貓中發出一陣支持的吶喊聲。知更翅一言不發。大雨過後，他不知道河流將會變成什麼樣子。娥星從樹枝上跳下，搖擺著尾巴，跑向營地入口：「我會帶領我的戰士們投入戰鬥，去捍衛有史以來最偉大的天族族長，我父親的榮譽！」

誰都知道應當在出發前檢查一下河流的水位，知更翅心想。

戰士們從營地湧出。見習生們跑步跟上，小心地不讓自己被雨水打濕，卻被垂下的樹葉絆倒了。綠葉季晚期的暴風雨是很危險的，因為水並不是唯一從天而降的東西。知更翅往後退了退，將自己的見習生推過一截濕滑的樹幹。

碎石掌的毛髮被雨水弄髒了，濕漉漉地貼在身上，泥巴像條紋般附著在上面，還有很多苔蘚碎屑。碎石掌抬頭望著知更翅，一眨眼的工夫，水珠便從他的眼睛上落下。「我覺得還沒到河邊，我就會被淹死！」他不高興地說道。

「你做得很好。只要跟著戰士們就可以了。」知更翅告訴他。語畢，他加快腳步，從其他的貓中間擠過去，趕到楓鬚身旁。

「你覺得今天河流會怎樣？」他在喘息的時刻平靜地問。

她微微搖了搖頭。「到了那裡，我們就知道了。」她回答說。

說話間，他們就出了樹林，腳掌踩上那片延伸向河流邊緣陡坡上的鵝卵石。知更翅停下來，被眼前的景象嚇呆了。河水暴漲了近兩倍，河岸變成了一條狹窄的卵石帶，但又有數條狐狸尾巴寬。過河的墊腳石已被淹沒，只能從水流沖過其頂部泛起白色水花時依稀分辨。

「天族，進攻！」娥星大喊一聲，衝向河流。

知更翅瞥了楓鬚一眼，覺得她看起來和自己一樣害怕。河族貓將不需要與他們戰鬥就能勝利。他們只需遠遠地坐在對岸，看著洪水將天族貓捲走即可。棒星是不會希望他的部族像這樣死去的！

「娥星，趕快停下來！」知更翅尖叫著猛衝過石路，小心地收起爪子，免得將族長撞倒。

「看在星族的分上，你這是……」娥星哀嚎了一聲，「知更翅，放開我！你什麼時候變得這麼懦弱了？」

知更翅讓族長坐起來，但還是擋在他和河流之間。族長身後。天族貓排成了一列，他們的表情從憤怒變成困惑。

「我不會讓你過河的。」知更翅說道。「那樣做太危險。」

「快從我面前走開。」娥星咆哮道，「你是不是叛變加入河族？」

「我原來就忠於天族，」知更翅語氣堅定地問答，「忠誠得不能看著我的族貓還沒有機會戰鬥就被淹死。回去吧。娥星。我們可以改天再發起這場戰鬥。」

「不！這場戰鬥現在就必須開始，趁著對我父親的懷念還沒有從我們心裡淡去。我們必須為他的死復仇！」

「如果這意味著讓天族貓死去，那就不行！」知更翅反對道。

可幾乎一瞬間，一個浪頭打過娥星的頭頂，她隨即消失了。但緊接著，她又在河流更遠的地方冒了出來，抖動著耳朵，掙扎著朝第一塊墊腳石游去。白色的水花拍打著她的臉，她瞇著眼睛，用爪子抓緊岩石，爬上石頭站起身。知更翅的身子仍被淹沒在翻滾的泡沫中。

「來吧！」她吼道，「所有想要為族長之死報仇的天族貓，跟我來！」至少有一半追隨他的戰士和他們的見習生從知更翅身旁跑過，跳進河中。

知更翅無助地看著這一切。「不要！」他呼喊著，看著他們在冰冷的水中掙扎。知更翅轉身對著楓鬚，並從她的眼中看出，她正在忠於族長和擔心族貓被河水吞沒之間徘徊。「現在看來，只要娥星待在那塊石頭上，她就會沒事的。」他說，「我們得在其他的貓沉沒之前把他們救起來。」

沒有衝進河裡的貓們匍伏前進，他們把眼睛睜得大大的，盯著掙扎中的族貓。

碎石掌來到知更翅旁邊。「我們得救他們！」他急促地說。

「是的，我們得救他們。」知更翅點頭說道。「楓鬚，你同意嗎？」

她點了點頭。「天族的戰士和見習生們！」她衝岸上的貓群呼喊道，「我們的族貓正在河水的洪流中，非常危險。如果沒有和自己身後的兩隻貓連成一串，誰也不能下河。見習生不能靠近水。先救那些離岸最近的貓，不要做無謂的冒險。」她看了知更翅一眼，繼續說道，「你覺得這會有用嗎？」

「肯定有。」知更翅尾尖碰了碰她的肩膀，希望她明白自己此刻多為她感到驕傲。「我會跟碎石掌和蛛毛連成一串。你留在岸上，注意觀察那些最需要幫助的貓。」他看著她沿著河岸奔跑，鼓勵群貓連成一條。接著，知更翅把尾巴甩給蛛毛：「來吧，咬住我的尾巴，碎石掌咬住你的。」

「準備好了嗎？」知更翅高喊道。其餘的貓紛紛點頭。他深吸一口氣，一躍跳入浪花中，嘴裡頓時湧入冰冷的河水。他挪動著四肢，把自己游向河中央。在他兩側，其他的戰士也一樣，他們繃了脖頸，好將鼻子留在水面上。

一個紅棕色的身影出現在波浪的另一邊。知更翅屏住呼吸，等著浪花掃過他的腦袋，然後，他伸長身子，探向那個身影。

原來是松鼠尾，他閉著雙眼，看樣子為了保持不下沉，他已經精疲力竭了。

「不要亂動。」知更翅喘了口氣，然後一緊緊咬住松鼠尾的後頸。他立即感到尾巴被拉緊了，自己與松鼠尾一起被拉向岸邊。楓鬚正站在河邊齊腰深的水裡。她咬住松鼠尾後頸的另一邊，朝知更翅點點頭，示意她已經咬緊。於是，知更翅重新跳進河裡。

很快，又一名戰士和兩名見習生瑟瑟發抖地站到了岸邊。碎石掌側眼瞪著他們，彷彿讓他的導師冒著那麼大的危險去救那些落水貓，是他們的責任。

「你已經盡力了。」楓鬚對著被河水嗆得狂咳嗽、蜷伏在石頭上的知更翅說，可後者搖搖頭。

「我必須把娥星救回來。」知更翅喘著大氣說。

族長依然緊抓著墊腳石，睜大眼睛默默地看著族貓從波濤洶湧的河流中被營救上岸。知更翅明白，族長一定已經太冷太累，無法靠自身的努力回到岸邊。

「答應我一件事。」知更翅說，楓鬚憂慮地看著他，「答應我，你要成為天族的族長。」

「我不能那樣做！」楓鬚拒絕道。

「你別無選擇。有所有族貓的支持，你可以的。」知更翅對她說。他看著成群的貓族抖抖尾巴，都蹣跚地來到乾燥的地面上，充滿感激地望著組織起營救隊伍的副族長。

「我會支持你的。」蛛毛說道。

「還有我。」碎石掌也說。

「我們的族貓都不是鼠腦袋。」知更翅低聲說道，「他們尊重你這位副族長，也會尊重成為族長的你。當然，他們也會尊重作為一名戰士的娥毛。」

楓鬚看了看渾身濕透的族貓們，然後點了點頭：「我想，直到認為我的部族不需要我。如果娥星、娥毛——同意的話，我就來領導天族。」

「既然這樣，那我們努力把她救回來。」知更翅說，他掃了一眼蛛毛和碎石掌。「準備好了嗎？」

「來吧。」蛛毛說道。知更翅重新跳進波濤中。

在楓鬚的領導下，天族會安然無恙的。知更翅會建議楓星在戰士守則裡增加一條新的規定：當族長失去了他們的第九條命後，由副族長繼位，因為他們最習慣於領導部族和應對敵對部族。

後悔莫及：高星的解釋

在星族，隕落的族長有充分的時間去思考，他領導活著的族貓時做出的決定，哪怕是在他們看著那些決定造成的結果時，也無法改變那一切。請聽高星的訴說，他是一名隕落的風族族長，向藍星傾訴了他的一個決定，至今他仍然希望那個決定是正確的。

藍星？我能和你談談嗎，我的朋友？太陽多暖和啊，草地軟軟的，如果能在你身旁坐一會兒，我會很愉快的。我的一些想法總是困擾著我，令我徹夜難眠。

你認為我犯了錯誤，對嗎？你可能會搖頭，但我能從你的眼神中看出，你為我所做的事情感到擔憂。如果換成是你，你會讓泥爪領導你的部族嗎？為什麼呢？因為這是履行戰士守則，滿足所有族貓期望的唯一方式嗎？

但是藍星，我無法忘記我的幻象，在我的幻象中，我看到一處濺滿血跡的山坡，看到貓群為他們的孩子悲歎。戰士們眼睜睜地看著自己的鮮血在草地上流淌，漸漸乾涸。我看不清是誰和誰在戰鬥，只知道每隻風族貓都在這場不公平的戰鬥中遭受了損失。而從山頂上俯瞰這一切的是泥爪——他已經成了風族族長泥星，因為我讓他擔任了我的副族長。我怎能讓這一切發生呢？

我知道，我的族貓認為我的理由太沒道理，因為當時我的最後一條命正在流逝。即使來自你的族貓——火星和棘爪，也都同情地看著我，支持我更改心意。

我呼吸困難，無法用太多的話解釋我在緊閉雙眼後看到的一切。我死的時候就知道，族貓可能因為我那麼晚變更決定而恨我，我也深知自己別無選擇。一鬚會像泥爪一樣成為優秀的副族長，他也將成為偉大的族長，但前提是他必須記得，他的忠誠先要根植於他的部族，而非他越過邊界而來的那群朋友。

是啊，我知道火星永遠不會為了風族而影響自己的決定。我也希望，他的友誼和支持，能在一鬚得到九條命之後長久地持續下去。可是，一鬚必須找到屬於他自己的道路，靠他自己去贏得族貓對他的忠誠。

不，不包括泥爪。我想那是一鬚不可能期盼的一份忠心吧。他必須想出辦法應對前任副族長，或者將他逐出部族。

我明白，你認為我是一隻自大的老貓，給部族安排一名大家都對此毫無心理準備的族長，從而使一切變得更加糟糕。但這是拯救他們的唯一辦法！如果說現在有什麼麻煩——啊，是的，我想你或許已經看到了正在發生的事——那麼一鬚就必須去直接面對。

其他的部族也會被捲進來？亂說，那只是流言蜚語罷了。我一直關注著風族，一鬚已

經成為比泥爪更受歡迎的族長了。你不應該聽那些只想製造事端的貓的閒話，藍星。我本以為這是一處不會受到他們打擾的地方，但或許流言無處不在吧，甚至包括星族。

我知道風族在一鬚的帶領下將會平安無事。總有一天，他將不得不證明自己的實力，每個族長都亦如此。要是我當時的決定是錯的，要是我應該讓先成為副族長的泥爪繼承我的位置，那一切都已太晚。我不是到星族來，為我作為風族族長做出的最後決定而後悔的。不管發生什麼，都不會比讓泥爪留下來，給風族招致苦難命運更糟糕。

戰士守則九

若副手身亡或退休，則必須在月亮當空前選出一位新任的副手。

在逝去副族長的屍體旁邊宣布繼任的副族長，你一定會覺得這是很無情的事。你是否有想過要把你的忠誠轉移到另一隻貓以前，應該先釋放悲傷呢？接下來你會看到，一直活在過去不是一名優秀戰士該做的事。我們應該面對未來。哀悼總是能找出時間來感傷的。

星族的徵兆

紅疤打量著面前這隻語無倫次、縮成一團的貓，然後搖了一搖頭：「你今天不能去月亮石，亮鬚。你連轟雷路都走不到。」

亮鬚停下來喘了口氣道：「但我必須得去！我必須從星族那裡獲得我的九條命！」

「星族應該完全能意識到你病得有多嚴重。」紅疤指出，「他們不會希望你這麼快就把自己的精力耗盡的。你的部族需要你安然無恙。族貓們已經接受你作為他們的族長了。」

棕白雜色母貓眼神混濁：「他們和我一樣懷念雪星。我希望自己依然是他的副族長。」

「雪星會被懷念很長一段日子的，但這不過是我們必須履行的職責。」紅疤補充道，「而你的職責則是擺脫白咳症的困擾，好讓自己在當著族貓的面選出影族新副族長時不會咳嗽。」

「你確定是白咳症嗎？會不會和雪星一樣，是綠咳症？」

「是白咳症，我確定。」紅疤說道，「現在躺下休息吧。我去給你拿些艾菊來，好讓你的肺部好受些，我還會給你一顆罌粟籽，幫助你睡眠。」

當他回來時，亮鬚蜷縮在自己的窩裡，腹部均勻地起伏著。她沒有咳嗽，因此紅疤覺得沒有必要吵醒她。他將艾菊葉和罌粟籽放在一塊浸透水的苔蘚旁邊。

然後，他伸展著自己僵硬的四肢，踏過有些凹陷的半凍空地，走向自己由羽毛和乾燥鳳尾蕨鋪成的窩。剛一閉上眼，他便進入了夢鄉。

「紅疤！紅疤！快來啊！」

紅疤衝出窩，跑入空地。花莖正盯著他，彷彿整個森林裡的狐狸都緊追在她的尾巴後面一樣。「我叫不醒亮鬚！」她痛哭起來。

紅疤渾身上下的毛髮都豎立了起來。他只給她留下了一顆罌粟籽，足夠讓她睡整夜。

「快來看看吧。」花莖懇求道，但紅疤早已從她身邊跑過，向族長窩衝了過去。慢慢地，他看清了亮鬚睡覺的樣子。與他最後一次查看時相比。她好像不曾動過身子。她靜靜地，一動也不動。

「星族啊，別讓她死去！」紅疤將鼻子湊向她的頸毛，但她的皮膚下探測不到任何脈搏跳動的徵兆，她的皮毛也冷如冰霜。

「紅疤？」花莖站在窩的入口處叫道。紅疤轉過身，對著她搖搖頭。又一位族長死了，她甚至還沒有機會接受屬於她的九條命。「噢，不！」花莖立即哀號起來。

一個玳瑁色的腦袋突然出現在她的身後：「出什麼事了？」

「噢，苔火！」花莖將頭轉向同胞姐妹。

「亮鬚死了！」

紅疤步履沉重地走出窩外：「她的病一定是在晚上惡化為綠咳症了。她在睡夢中死去了。」苔火盯著他，說道：「可是……她還沒有選出副族長呢！現在該由誰來當我們的族長？」

紅疤明白，他必須幫助自己的部族找到方法，走出這可怕的黑暗時期。「我會把大家召集起來。」他說道。

他選擇了站在地上，而不是跳上族長們原本向部族講話時站的那截木。亮鬚只在那裡站過一次，那是雪星死後，她第一次向部族發出問候，一陣突發的咳嗽卻打斷了她，然後紅疤便命令她回到窩。

我早該知道那是綠咳症！我本可以再做點別的什麼的。例如讓她指定一名副族長？心裡的一個聲音冒了出來。

紅疤立即拋開雜念，說道：「影族的貓兒們，亮鬚死了。我們會有時間為她哀悼的，但首先，我們必須選出新的族長。有誰自願擔任嗎？」

族貓不安地交流起來，有些貓在擔憂地低語，但沒有一隻貓會大聲說話，直到跳足走出來。他的肌肉在黑色的皮毛下波動起伏，綠色的眼睛很憂鬱：「如果族貓們願意的話，

我可以來領導影族。」

貓群中立即傳出幾聲贊同的呼喊，但也響起了反對的嘟囔聲。

「我們覺得苔火應該成為族長。」一隻貓后大聲說，「跳足太容易把我們帶進戰爭了。我們希望在和平的環境裡哺育孩子。」

苔火走上前，站到跳足身邊。她朝紅疤點點頭，說道：「如果族貓們看得起我的話，我願意成為大家的首領。」

「並不是所有的貓都支持你！」跳足吼道，「誰會希望一個部族裡全是懦夫，膽小得連邊界都不敢去守護呢？」

「雖然我不是每一場戰鬥都參加，但這並不代表我就是懦夫。」苔火反駁道，「我隨時都和你一樣善於戰鬥。」

「那就證明來看！」跳足挑釁道。

「這不是挑選族長的辦法！」花莖大叫道。

跳足怒視著她：「我們進行搏鬥，星族選擇的那隻貓將獲得勝利。」

花莖將懇請的目光投向紅疤，可他只是搖了搖頭。他又有什麼辦法來阻止這場搏鬥呢？他並不比其他任何的族貓更聰明：跳足和苔火擺開作戰姿勢，面對面繞起圈來。其他的貓紛紛退後，給他們騰出更多空間。

苔火首先出擊，跳足輕鬆跳開，還輕蔑地嘶吼道：「你必須比這更厲害才行！」

「很好。」苔火伸長前腿躍向他，爪子在冷淡的陽光下閃著寒光。她在跳足的側腹抓了一把，留下一串鮮紅的血珠。跳足大吼一聲、跳轉過身，揮掌砍向她的臉，接著又把爪子插入她的肩頭，與她一起打滾倒地，並用後腿不停地踢打她。

紅疤馬上轉過身去。他無法相信，星族會希望兩名戰士為了爭奪部族的領導權而大打出手。苔火疼痛的喘息聲和她報復掙扯毛皮的聲音，都令他心裡發顫。跳足繼續出擊。重擊聲傳來，旁觀的貓都驚呼起來。接著又是輕微的擊打聲，苔火倒在了他的身旁。

「苔火！不！」是花莖在呼喊。

血的氣味讓紅疤知道發生了什麼事。他轉過頭。剛才的近身戰太兇狠，兩隻貓都靜靜地躺在了地上，他們的命都在漸漸枯竭。紅疤頓時感到暈眩。他再次辜負了部族。

三名長老慢慢地走上前來，重新擺放好屍體，供族貓們悼念。這要持續一整晚，但然後呢？影族還是沒有族長。貓群寂靜無聲，動作緩慢，彷彿四肢都已經凍僵，相互之間也沒有目光的交流。這些貓的血玷汙了我們所有貓的腳掌。

空地只有花莖在不知所措的族貓中穿梭，安慰他們，帶他們到獵物堆進食。

「我們必須保持體力。空氣中還有病菌，沒必要讓更多的貓死去。」她鎮靜地安排兩名資深戰士帶領他們的見習生去進行狩獵巡邏，「他們沒有必要整天都看著這些逝去的戰士。讓他們忙碌起來吧，但我想目前不太合適戰鬥訓練。」

族貓們點點頭，帶領年輕的學徒悄悄離開了空地。

花莖走近紅疤。震驚令她眼神陰沉，但她說起話來依然平靜，「有什麼我能幫助你的嗎，紅疤？拿藥草或者是水？」

紅疤搖搖頭。誰都做不了什麼。「我會在我的窩裡。」他告訴花莖，然後朝遮蔽他的窩和藥草儲藏室的濃密葉叢走去。然後，他倒在窩裡，覺得和上一次躺下閉上眼時相比，自己老了很多。

「紅疤，紅疤，快醒醒。」

他掙開了眼睛，發現自己茫然地躺在空地上，樹木黑色的枯枝刺向雪白的天空，身下的草地又軟又冷。他跳了起來，打了個寒戰。

「紅疤，你必須為影族找到新的族長。」

「雪星？」

灰色貓點了點頭：「我一直在守望我的部族，為我的每一隻貓感到難過。尤其是亮鬚，她本可以成為一名偉大的族長。還有跳足和苔火，他們被野心沖昏了頭腦，亮出了爪子。你必須使一切回到正軌，我的朋友。」

「我又能做些什麼呢？」紅疤哀嚎道。

「你將選擇一名新的族長。」雪星說，「然後那隻貓必須立刻選擇一名副族長。一個部族不能永遠像這樣下去，跟個沒有腦袋的生物，因為看不見方向而誤入血腥之中。在下次大集會上，新族長必須向戰士守則裡增添一條：若副手身亡或退休，則必須在月亮當空前選出新任的副手。現在告訴我，你打算選擇誰作為你的下一任族長？」

紅疤想要抗議，說他不能，也不會去做出選擇，但雪星的目光令他平靜了下來。「我選擇花莖。」他說，「她的同窩手足就死在她的面前，但她想的卻是怎樣讓部族感到安全，並在今晚的守夜之前把他們都安排好。」

「這是個明智的選擇。那就去告訴族貓們吧。」

紅疤凝視著他，「族貓又怎麼會聽我的呢？我什麼也沒為他們做，什麼也沒有。」

雪星眯起眼睛：「你是他們的巫醫。如果你說得恰當，他們就會聽你的。」

此時的山毛榛樹看起來更加蒼白了，在白雲的映襯下顯得模糊不清。雪星的身影漸漸消失。「現在就去吧，紅疤。」他喊道，「任命花莖為影族的新族長！」

紅疤眨眨眼，回到自己的窩裡，一隻烏鴉毛正搔著他的耳朵。他不快地搖搖頭。部族正處於混亂之中。他們一定認為戰士祖靈已經拋棄了他們。

他走入營地。營地裡寂靜荒涼，只有被一些乾燥鳳尾蕨遮蓋的苔火和跳足的屍體。他溜出營地，小跑著來到一處不像領地內其他地方那麼潮濕的空地上，那裡生長著一棵橡樹。樹底下背風處有著一叢精緻的白花，像雪花的顏色，雨點的形狀。

他看見沒有其他的貓在旁邊，便從花梗處掐下一朵雪滴花。接著也挖起一塊苔蘚，把花卷起來，牙咬住苔蘚，返回營地。巫醫帶著苔蘚不會引起任何貓的懷疑，因為它既能用來鋪床，又可以用來運水。

他回到營地時，附近並沒有貓。狩獵巡邏隊已經拖著新鮮獵物回來。陽光誘惑著族貓們出來進食。紅疤走過空地，朝遇到的一兩隻貓點點頭。當他經過族長們向部族講話的空地圓石時，他鬆開牙齒，感覺到白花躍然而出。他迅速扔下苔蘚，用腳掌將花瓣踢到山楂樹下看不見的地方。他低頭看看腳掌旁嫩綠的莖稈，呼喊起來：「快看！」

那枝花細得像鬍鬚，微微顫抖地慢慢舒展開來。

「是誰把它帶到營地的？」族貓們立即聚攏過來。

「這是白花花莖。它們只在橡樹旁生長，對嗎？」一名見習生說道。

紅疤抬起頭，望著大家。

儘管他的腿在發抖，但他把爪子插進地裡，保持鎮定。「這是來自星族的徵兆。」他宣告著，「星族希望我們瞭解他們對於影族新族長的選擇。」

「是誰？」一隻懷著小貓的母貓急忙問道。

紅疤用腳掌碰了碰那根花莖，說道：「是花莖。」

一陣交頭接耳後，族貓們都低聲應和。

那隻薑黃色與白色混雜的母貓被推到貓群前，一臉不知道該說些什麼。

「只需要說，你願意按照星族的意願領導我們。」紅疤說道。花莖低頭看著白花花莖，然後又回頭望著動也不動的同窩手足屍體。

「為了對苔火的懷念，也為了對跳足的懷念，好吧，我願意。」她低下頭，任身邊響起歡呼聲。

或許星族也需要紅疤來幫助他們傳遞這個徵兆，而這正是雪星所希望的吧。他會告訴花星在午夜之前，在逝去族貓亮鬚的屍體旁，選定她的副族長。這樣他們的靈魂會聽到並贊同她的選擇。「謝謝你，雪星。」他低聲說道。

戰士守則十

四族聚會於滿月時舉行，當天各族必須休戰直到晚上。此時，各族之間不准有爭鬥發生。

雖然，在最早的戰士守則出現時就有大集會，但直到很久以後，滿月之夜也是休戰之夜才出現在戰士守則中。不管是否因為想珍惜著和平氛圍，把握和鄰族交換訊息的機會，還是因為他們擔心破壞守則，會被祖靈懲罰，總之，現在每隻貓都遵守休戰協議。

現在和我回到古早的四喬木，回到祖靈們第一次遇到滿月之夜，並用滿月休戰協議來約束部族貓的時候吧。

消失的月亮

四喬木將濃濃的影子投射在沐浴著月光的空地上，雀星蹲伏在坡頂，他的族貓們在他身後等候著。他們呼出了陣陣霧氣。幾隻貓已經零星分佈在空地上，繞著圈子保持溫暖，小心地和來自敵對部族的戰士們打著招呼。

「來吧，雷族貓！」雀星喊道。他站起來，開始朝斜坡下跑去，尾巴豎得筆直，好讓族貓跟上他的腳步。

「太好了。」副族長黛心喃喃低語著跳到他身邊，「要是我再待著不動，就會變成冰塊了。」

雀星跳上平坦的草地，腳下的冰霜劈啪作響。他從貓群中穿過，走向大岩石。兩名風族長老朝他點點頭，一名河族戰士向他問候著。

天族族長鷹星向上一躍，跳上了光滑大石的頂端，說道：「獵物們跑得怎樣啊，雀星？」

「跑得很快。」他回答說，「在這個季

節，獵物都會跑出來，但口感不好！」

「我們的兔子也跑得很快，等被我們抓住時，牠們除了肌肉之外就是骨頭了。」風族族長鴿星插話道，「真是太難咀嚼了！」

河族族長蘆葦星什麼也沒說。他坐在岩石的邊緣，盡可能離鷹星遠遠的，只差沒掉下石頭了。他們的部族已經在一條河岸線上交戰了幾乎三個季節。這場戰役導致了天族前任族長露星的死，他的族貓是絕不會原諒河對岸的敵貓的。

雀星俯瞰著空地，說道：「影族還沒到嗎？漣星不大可能會遲到的啊。」

鴿星站起身，然後又捲起尾巴坐下去：「要是我們不趕緊開始的話，我會被凍在這塊石頭上的。它比冰還要冷。」

蘆葦星不停地變換著坐姿，他的影子在岩石邊緣晃動起來，像是月光下泛起的波紋：「也許結霜阻礙了他們吧？」

鷹星尾尖一抽。「一定是出問題了，」她低聲說道。「我的皮毛癢癢的。」

「是跳蚤吧。」蘆葦星嘟噥道。

雀星瞪著他。現在是滿月之夜，今晚他們應該將敵對狀態拋在一邊，為了所有部族的利益分享消息。

空地邊緣突然響起了風聲似的鳴叫。雀星立即豎起耳朵，凝神望著月光下的影子。那是隨風晃動的樹枝嗎，亦或是別的什麼？為什麼那棵樹忽然間顯得不安全了？

「影族！進攻！」

影族貓叫喊著衝了出來。空地上的貓群趕緊轉身對著他們。但沒等大家作好準備，影族戰士便張牙舞爪地撲了過來。

轉瞬間，空地像河流一樣泛起了橙紅色的漣漪。站在大岩石邊緣的族長們驚愕地看著這一幕。接著，蘆葦星跳了下去，鷹星和鴿星緊隨其後。雀星聽到他們向各族的資深戰士高聲下達命令，組織起戰鬥隊，以便保護來參加大集會的長老和見習生們。

一身長毛的薑黃色和白色相間的臉從混亂的貓群，走向岩石腳下到雀星面前。

「快救救我，雀星！」黛心哀號著，說罷旋即轉身抵抗，揮爪劈向一名影族戰士的耳朵。

雀星向下一蹲，準備跳下去，這時一個影子從他眼前晃過。他抬起頭，漣星登上了大石頭，站在他身旁。他望著下面的戰鬥場面，黃色的眼睛灼熱而通紅。

「我敢打賭。你絕對沒有想到我會這樣做。」漣星的語氣如此平靜，幾乎被下面傳來的尖叫聲和呼號聲所掩蓋。雀星很難聽清楚。

「你在做什麼?在四大部族帶領長老和見習生到平地參加大集會時，對他們發起進攻?」雀星嘶吼起來，「不，漣星。我從來沒想到你會如此懦弱！」

黑色和橙色相間的貓抽動著尾巴：「一次戰勝你們四族，這並不是儒夫的行為！」

雀星瞥了一眼空地。影族戰士的數量遠遠超過通常來參加大集會的戰士數量。「這是錯誤的，你很清楚！」他咆哮著伸出爪子，撲向漣星。

伴隨著一聲悶響，雀星將對方撲倒在岩石頂上。影族族長扭動著身體，直到仰躺在地，試圖用後腿踢向雀星的腹部。雀星把爪子深深地插入漣星頸部蓬鬆的皮毛中，感覺到了裡面脆弱的骨頭。

「趕快讓你的族貓離開！」他喝斥道，「這場攻擊是錯誤的！」

漣星掙扎著站起來，怒視著雀星。「我才不會把輕易獲得的勝利稱作錯誤呢。」他洋洋得意地說道，「現在，看看你那些寶貴的族貓吧。」

雀星冒險地用餘光瞄了一眼。戰鬥節奏已經變緩，很多貓都倒在草地上，血流不止，一動不動。影族戰士行走在他們中間，隨時準備攻擊任何能夠動彈的貓。

「不！」雀星號叫著，「你不能這樣！」

他跳向漣星，但後腳在冰冷的岩石上打滑。影族族長輕鬆地避開了他。

「你一直在這樣警告我。」漣星評論道，「但我似乎還是做得到，我不一定要聽你的，雀星。」

忽然，空地變得煞白，勾勒出了每片樹葉和草葉，甚至每隻貓髫鬚的輪廓。接著，空中劈啪作響，當腳下的岩石開始震動時，岩石上的兩隻貓突然撲倒下去，死死地抓緊了岩石。雀星將臉緊貼在冰冷的石面上，等待滾滾的鳴響過去。這是冬天裡的一場暴風雨嗎？可是，天空沒有雲彩。但月亮不見了……

「雀星！」一陣雷鳴聲在森林中響起，他的名字在此時聽起來彷彿是錯覺。

雀星強迫自己抬起頭。他被最初的閃電閃花了眼，不得不多眨幾次，以便看清楚。空地比之前黑了很多，黑得他都看不見漣星了。月亮消失了，天空已經堆積起厚厚的烏雲。

雀星搖搖頭，等待眼睛適應環境。他已能分辨出樹木了，還有身下大石頭的形狀。但他看不見漣星了。

一個刺耳的聲音從岩石邊緣傳來。雀星看見了岩石邊上漣星。

「救救……我……」

那雙黃色的眼睛和黑橙雜色的腳掌。「抓緊！」雀星喊道。不管漣星做了什麼，他都不能看著他墜下大石。他猛衝過大石頭，想伸出前掌抓住漣星的後頸，將他安全地拖上來。

可當他即將抓住他時，天空再次亮光一閃。空中充滿了炫目的白色閃電和一種聽起來如同森林樹木同時倒下的轟鳴聲。雀星貼緊岩石，腳掌壓住耳朵，想要阻擋住在空地上爆炸似的迴音。他聽到漣星再也抓不住岩石，落向地面，發出了微弱而恐怖的哀號聲。

空地立即陷入一片沉寂。眾貓靜靜地站在那裡，凝視著大石腳下摔得碎爛的身影。接著，一名嚇壞了的灰色戰士衝上前去。

「漣星！不！」

雀星低下頭。影族族長一定用完了他的第九條命。作為一名族長他死得太慘了，也許是他好戰的習慣使他很快地用盡了他餘下的生命。

「兇手！」

那名灰毛戰士——雀星忽然意識到，那是影族副族長沼疤——正在怒視著他。

「影族貓都上，為我們的族長報仇！」沼疤怒吼道。

「我沒有殺害漣星！」雀星告訴他。他感到脊梁上的毛髮全都立了起來。

「那是誰殺的？」灰貓質問道。

雀星抬頭望向遮住圓月的層層烏雲。就在漣星讓他的戰士出其不意地偷襲部族時，休戰協議被破壞了。接著，月亮消失，暴雷來臨時沒有雨，也沒有風，而是撼動森林和它的根基的電閃雷鳴。

「是星族殺了他。」雀星說道。他的腿在顫抖。他的戰士祖靈會原諒他指責他們為兇手嗎？可天空依然安靜。

「星族懲罰了影族，因為影族違背了休戰協議，在月圓之夜發動了襲擊。」雀星繼續說道，「他們傳遞的訊息再清楚不過了。」

空地上的貓群中立即傳出震驚和贊同的低語聲。一隻淺棕色的河族虎斑貓走上前。

「星族啊，原諒我們的這場戰鬥吧！」他高呼道。

「從現在起，滿月之夜的休戰將會獲得每個部族的尊重。」鴿星喊道。

雀星來到岩石邊緣，提高音量，好讓每隻貓都聽得到，稍後他會花時間來關注他受傷的族貓，並帶他們回家。

現在最重要的是，他必須確保這一切再也不會發生，不能再出現那種懦夫般的襲擊，不能再因星族的憤怒而經歷這恐怖的一幕。

「戰士守則裡將增加一條新規則！」他宣布道，「四族聚會於滿月時舉行，當天各族必須休戰直到晚上。此時，各族之間不准有爭鬥發生。」

其他部族的族長紛紛點頭，除了死去的漣星。星族啊，原諒我們吧！

戰士守則十一

每天都必須檢查並在邊界留下記號。向所有入侵的貓挑戰。

戰士守則並不是所有的條款都來自悲劇和衝突。其中有些則是用來消除長久以來的誤會，並且避免發生流血事件。

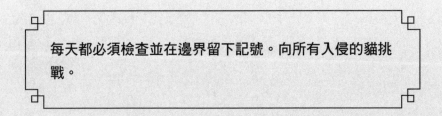

罌粟雲的規則

「是的，斑點掌，我能聽到一些聲音。」她說道。

見習生猛地停下，緊張地問她：「真的嗎？什麼聲音？」

「你發出的聲音！」

斑點掌低垂著頭，說道：「可是我已經盡量像你告訴我的那樣，保持安靜了。」

罌粟雲走到他身邊，鼻子碰碰他的耳尖：「我想，我們還需要更多的練習。」

斑點掌挪動身子，走向邊界：「為什麼明明知道雷族不喜歡，花楸星還要讓我們到這裡來呢？」

罌粟雲聳聳肩，將葉片從自己的皮毛間弄掉：「我想，他希望知道任何發生在我們領地內的事情吧。如果我們只是待在最適合狩獵的地方，就永遠去不了某些地方。」

「比如說這裡。」斑點掌腦袋鑽入長草叢中，聲音有些含混，「我聞不出哪裡有鳥的味道！」

「那是因為你進入了雷族的領地！」一聲怒吼立即傳來。

罌粟雲躍然而起。一隻虎背熊腰的棕色公貓正站在不遠處，咧著嘴，露出鋒利的黃牙。

「多奇怪啊！」他吼著，「天族貓竟然潛行到邊界上。你們自己的領地出什麼事了嗎？」

罌粟雲感到頸毛豎立。「什麼問題都沒有！」她反駁道，「我們有權力在我們邊界內的任何地方出現。」

「可你的見習生沒有！」雷族戰士吼道。

斑點掌將腦袋從草叢中退出，低著頭不停地發抖。

「斑點掌，到這裡來。」罌粟雲命令道。黑白色相間的見習生從那隻嘶吼的雷族公貓旁邊繞了過去，衝到她身邊。

「這的確是個錯誤。」罌粟雲指出，「我們沒有打算偷竊你們的獵物。」

鳳尾蕨叢突然分開，另一隻貓走到了那名棕色戰士身邊。她將綠色的目光鎖定在罌粟雲身上：「為什麼總是有天族貓到附近窺探？難道你們自己的部族真的那麼糟糕，以至於你們想要加入我們的部族嗎？」

「永遠不會！」罌粟雲駁斥道，「我們可不想吃獵物時咬得滿嘴是毛！」

棕色公貓偏了偏頭：「噢，羽毛的味道一定好得多，對嗎？」

「行了，燕麥鬚。」母貓催促道，「我們簡直是在浪費時間。如果這些貓想要監視我們，他們不會從附近的灌木叢中發現太多東西的。我覺得，之前我都沒有來過領地的這個地方。」

燕麥鬚朝罌粟雲眯起眼：「別以為這就算完了。我會告訴獅星，說我又在邊界附近發現了閒晃的天族貓。如果他認為你們打算襲擊，我可不介意抓下你的皮毛。」

他和他的綠眼族貓一起大步離開了空地。他剛一消失，罌粟雲就轉向斑點掌：「我告訴過你多少次了？你不能進入其他部族的領地！」

斑點掌嗅了嗅。「我又沒做錯什麼。」他抱怨道，「畢竟，很難說從哪裡開始，我們的領地就成為雷族的領地了。這跟有一條河在中間可不一樣！」

罌粟雲張大嘴探測著氣息。斑點掌是對的，不同部族的氣味在這裡都十分微弱，因此她不能責備自己的見習生迷路太遠。「好了。」她說，「我們最好去告訴花楸星都發生了些什麼，以防雷族小題大做。」

「他不會對我發脾氣的，對嗎？」斑點掌啜泣起來，「我今天早上照顧晨霧的孩子後，已經被迫用老鼠膽汁給長老們除過蝨子了。」

「我會告訴他這是個誠實的錯誤。」罌粟雲保證道，「只是在回去的路上，儘量別招惹更多麻煩了。」

「告訴花楸星，我們想跟他談談。」營地裡掀起一陣好奇的議論聲。

「那是誰啊？」

「雷族貓！」

「他們想怎樣？」

「他們是來找我的嗎？」罌粟雲低頭看看斑點掌，他正睜大眼睛盯著她。

「不，我敢肯定他們不是來找你的。」她說，「但我很高興，我們已經告訴了花楸星邊界發生的事情。」

殼足是一隻棕色虎斑貓，他出生時，一條腿便向內彎。他帶著訪客走入空地。一隻身披薑黃色長毛的碩大公貓走在他的另一側。正是罌粟雲在邊界遇到過的那隻綠眼虎斑貓。另一側則是一隻看起來隨時都想要發動攻擊的棕色公貓。

罌粟雲倒吸一口涼氣，獅星親自出面，這意味著事情一定很嚴重。

天族副族長夜罩在營地中央迎向他們。「獅星，綠眼。」他點頭致意。

罌粟雲盯著那隻灰色虎斑貓，對她產生了新的興趣。她未意識到那是最近才被任命的雷族副族長。

「歡迎你們來找花楸星談事情，我能知道是關於什麼事嗎？」

綠眼嘶嗚道：「關於你們的戰士監視我們！」

獅星甩甩尾巴，警示她保持安靜：「我關心的是，總是有天族貓出沒在我們領地的邊

界，我想知道他們在那裡做什麼。」

「我想你應該清楚，他們所處的是邊界靠近我們領地的一邊。」一個低沉的聲音傳來。微弱的陽光下，花楸星黑棕色的皮毛隱隱反光。他從自己的窩中邁步走了出來：「因此，不存在任何問題。」

「可那裡什麼都沒有！」獅星爭鋒相對，「那裡除了是雷族領地的起始點外，什麼都沒有。」

花楸星望了罌粟雲一眼：「據我所知，你們的領地從哪裡開始，並不太好判斷。也許你們經常在你們的邊界活動的話，留下的氣息就會更清楚一些。」

獅星的頸毛馬上豎立起來，身子幾乎長大了兩倍。斑點掌嚇得躲到了罌粟雲的身後。

「雷族沒必要靠在邊界上巡邏來確保天族不會入侵！」獅星吼道。

「如果你們巡邏得更加頻繁一些，我們穿越邊界的危險就越低！」花楸星爭鋒相對。

罌粟雲走上前表達，戰士守則沒有說部族有責任防止外族貓的侵入！很顯然，其他的部族是有可能越過邊界的。

「哈，我認為這實在是個荒謬的主意。」綠眼哼了一聲，「部族在這五處領地內已經生活了很久很久，我們從來都不需要戰士守則去告訴我們如何保衛自己的邊界。顯然，有些貓比其他的貓更加鼠腦袋。」她斜眼望著罌粟雲，然後氣呼呼起轉過身。

獅星隨之轉身，跟著他的副族長要走，但被花楸星叫住了。「等等！」當獅星再次面對他時，天族族長宣告道：「我會在下次大集會上提出罌粟雲的建議。我們應該讓其他的族長來決定，而不是由我覺得，哪個部族的貓需要被提醒去好好保衛自己的領地。只要通過邊界巡邏，就可以防止不必要的無端猜忌。」

獅星伸出一隻前掌，爪子在空中劃過：「你是否意識到，如果其他的族長同意這個荒謬的規則，我將可以撕扯掉你們任何一個、哪怕是不小心越過我們邊界的見習生的皮毛？」

罌粟雲透過眼睛的餘光，注意到斑點掌躲到了窩穴的荊棘叢中，只是那毛皮還依稀可見。

花楸星依然毫不畏懼。「我們也會懲罰任何侵入的雷族貓。」他說，「這樣，彼此之間清楚而公平——就像邊界一樣。」

獅星猛地轉身，開始朝著入口處大步走去：「那就等到下次大集會吧，花楸星。我們看看到時候其他的部族對你們的主意會有何想法。」

「當然要考慮看看。」花楸星低語道。說完，雷族貓便消失在鳳尾蕨叢中。

罌粟雲定定地望著眼前的景象，直至鳳尾蕨不再顫動。如果這成為戰士守則的一部分，那就將得到永生！她搖搖頭，試圖擺脫這黃粱一夢，跑去找斑點掌。與努力調教見習生相比，想要新增戰士守則簡直就是孩子們的遊戲。

不過斑點掌的接受能力很強。總有一天將會成為天族值得驕傲的戰士。做為他的母親與導師。這倒不是說她將比現在更加自豪。她輕鬆地嘟噥著，然後便去尋找她那調皮的兒子。

白風暴教你邊界策略

一旦邊界被確定下來，相鄰部族的貓巡邏時，就開始常常在邊界上相遇。顯而易見，所有部族的貓都必須清楚如何處理爭端。以下便是白風暴訓練一群雷族見習生時，傳授給他們的邊界策略。

所有的貓都到了嗎？火掌、灰掌、烏掌、沙掌，還有塵掌？

塵掌，別把火掌往荊棘叢裡推。我可不是瞎子，我能看到你在做什麼。火掌，到隊伍的另一頭去。沙掌，他沒有長蝨子！你們都給我站好了。

正如獅心告訴你們的，我們今天將練習邊界防禦。你們扮演巡邏隊，我則扮演越過邊界的另一個部族的副族長。誰願意帶領巡邏隊？

別這麼害怕，烏掌。如果你不願意，我是不會勉強你領隊的。

灰掌，你為什麼不帶腦袋出門呢？沙掌，你能否用你嘴上的那根木棍在地上畫一條線，我們就把當它做邊界。

沙掌，這條線歪歪斜斜的……沒關係。邊界可不會像鬍鬚一樣那麼直，對吧？好了，你們在那一邊，正在準備黎明巡邏。出發吧，巡邏！

你非要那樣打哈欠嗎，灰掌？哦，我明白了，因為這是黎明巡邏，而你感到非常疲倦。好吧，讓我們假裝你們全都美美地睡了一覺，精力充沛。

那麼，你們現在該做什麼呢？沒錯，嗅嗅空氣的味道——你們覺得該嗅什麼？

答對了，沙掌。雷族邊界的標記。還有什麼？

是的，火掌。其他部族的邊界標記。但只是在兩處邊界相遇的地方。河邊與轟雷路旁，要是聞到了任何河族或影族的氣味，那一定不是好事情，這意味著他們已經從自己的領地越過來了。所以要一直嗅聞。

或許也不必那麼用力，沙掌。使點勁打噴嚏，就能把沙子從鼻孔裡弄出來的。

好了，邊界標記，邊界標記，邊界標記。你的兩個鼻孔都能聞到味道了嗎？很好。這是什麼？就只有來自另一個部族的貓不顧這些標記，越過了你設定的邊界？不，烏掌，我不是說我們真的受到了侵犯。那隻來自另一個部族的貓——就是我，看到我是如何踏過沙地上的那條線了嗎？你們該怎麼做？怎麼……

哎喲！別踩我的耳朵！好，沒錯，塵掌，發動攻擊，把我撞到邊界的另一邊，這的確是一種選擇。可是，挑戰一隻體型是你兩倍的貓，或是一名經驗豐富、訓練有素的戰士，是明智之舉嗎？

巡邏的目的是掌握邊界的情況，並回去向族長彙報。要是你們的皮毛在領地內離營地最遠的地方被撕成碎片，你就沒法那樣做了。還有別的辦法嗎？那麼。問問他們在做什麼？他們可能會拿出一個穿越邊界的正當理由來，尤其是當他們單獨行動時。

是的，灰掌。你想要怎樣？這個問題是個不錯的開始。不要太充滿敵意，記住，你是處在更強勢的地位，因為這是對方跨足你的領地。你有權保護它。除非那隻貓有非常充分的理由越過邊界，不然他們根本就沒有任何權利。你們認為對方會怎樣回答？

沒錯，烏掌，他們可能需要我們的幫助。他們的部族也許遭受了入侵。他們在狩獵中遇到了很大的麻煩，也有可能他們患病，需要我們的藥草。所有的這些理由都意味著他們是弱勢的，因此，我們可以允許他們進入我們的領地，但絕不能讓他們脫離我們的視線。如果你信任他們，那就直接把他們護送到藍星那裡。

可有時候情況會是這樣，看上去那隻貓更像是在偵查我們的邊界，看看他或她能弄走些什麼吧。如果他不懷好意，那我們就以牙還牙，這跟侵犯一樣是非同小可的事，塵掌。因為我們得先質問了對方——你在這裡做什麼？——而現在我們得給他們某種警告。烏掌，你會怎麼說呢？

嗯，如果你打算發出威脅，要咬爛某隻貓的耳朵，那就盡可能不要顯得如此畏懼。火掌，你想怎麼做？啊哈，是的，我很高興你能注意到巡邏隊的其他成員。要讓敵方明白，他們在數量上處於弱勢，這一點很重要。沙掌，把那隻火螞蟻放下。不，我才不管火掌是不是可能不認識那東西呢。現在不是告訴他的時候——他當然也不需要被牠咬上一口。

那麼，現在我們已經盤問了入侵者，警告他們這裡有整支巡邏隊，如果他希望的話，我們可以把他帶到族長那裡去。那接下來呢？

說得對，灰掌，讓那隻貓說話。如果他無法就他在我們領地上的行為做出讓你信服的解釋，如果他不要求立刻到藍星那裡去，那就二話不說，把他趕跑。千萬別引發一場大規模的戰鬥。趕跑就是趕跑，而不是趕上了再撕扯。只需要表明，我們會捍衛自己的邊界，不忍受任何形式的入侵，哪怕只是越過邊界一腳也不行。

一名優秀的戰士隨時都準備著戰鬥，但前提是有充分的必要。他首先會尋求一種和平方式來解決問題，而不是先訴諸於利爪。

總有一天，你們全都會成為優秀的戰士。別不相信，烏掌。你只需要再多鼓起些勇氣，就能像你窩裡的夥伴們那樣優秀了，你的狩獵技巧非常出色。塵掌，注意觀察他，他也一定會做得很好的。誰又說得清呢？也許某一天，你們甚至會領導這個部族！

現在，我們回營地去吧，讓我這個老戰士好好地享受一下陽光。

戰士守則十二

所有戰士都必須拯救受傷或陷入危險的小貓，無論他是哪一族的。

一個部族的力量不僅僅代表它擁有所有戰士的力量，我們也必須養育健康的小貓，讓他們跟上族貓的成長。因此，小貓受到森林裡所有貓兒的保護，不管那隻貓來自哪一族。不過部族一開始沒有這個規則，你將會明白，有時候一些淺顯的道理卻要付出慘痛的代價。

所有部族的損失

灰翅站在平坦的岩石上俯瞰河流，接著，她閉上了雙眼，任由霧氣在她臉上繚繞。春天的一場大雨使得河水暴漲成為黑色的湍流，在峽谷中滾滾跌宕。

今天，雨停了，這讓灰翅和大部分河族貓都走出營地，舒展他們僵硬許久的四肢，並看看領地有哪些部分被水淹沒。

「別掉下去了！」灰翅身後傳來告誡的聲音，「這種潮濕的天氣，肯定會誘發咳嗽和關節僵硬症的，因此我們需要巫醫！」

灰翅轉過身，看到一隻渾身皮毛順滑的玳瑁色母貓正踩著石頭朝她走來：「別擔心，斑掌。我今天並不想游泳。」

一隻薑黃色公貓從斑掌身後的蘆葦叢中鑽了出來。他對著奔湧的河水皺起眉頭。「我們將有一陣子必須吃野鼠了。」他預測道，「我們不能讓任何戰士在這樣的河流中冒險捕魚。」

斑爪點了點頭：「我會告訴狩獵巡邏隊跟河流保持距離，直到水位下降。或許你可以帶一支巡邏隊到野地裡看看，狐鬚？」薑黃色戰士嘟囔著點點頭。

灰翅從岩石上躍下：「我得看看，我的錦葵在這洪水中是否還能生存。回頭在營地見吧。」

斑爪張嘴想要回答，但又停了下來，直直地望向灰翅身後，眼裡充滿了恐懼。灰翅趕緊轉身。三個毛絨絨的小身影正緊抓著靠近風族一側的河谷邊緣，他們的後腿正在翻騰的水面上晃蕩。

「偉大的星族啊！」狐鬚大喊道，「那些小貓到底在做什麼？」

斑爪已經沿著河岸朝峽谷跑去。「他們在做什麼並不重要！」她回頭高喊道，「重點是他們就要掉下去了！」

說話間，其中的一隻小貓已經抓不住岩石，像一枚成熟的蘋果落入河中。他的一個夥伴立即發出尖叫聲，另一個從另一頭掉進了水裡。灰翅感到腳掌彷彿凍在地面上。她能做的唯一件事，就是看著第三隻貓掉下去。想觀察到他們落水的地方是不可能的。河水在狹窄的河谷中奔騰，他們掉落時泛起的小水花瞬間便被急流吞沒。

「來吧！」斑爪高呼著，「我們得幫他們！」她來到河的盡頭，開始朝水流衝出峽谷的岸邊跑去。

「快停下來！」灰翅尖叫著，她的腳掌忽然放開了緊抓的石頭，她帶著狐鬚，緊追斑爪而去，「你不能下河！」

的。」

斑爪怒視著她：「你這是什麼意思？如果我們不救他們上來，這些小貓會被淹死

灰翅感到心碎：「他們注定會死了。」她強迫自己說了出來，「我們不能讓自己冒著生命救他們。他們是風族的小貓，不該我們來救。」

在他們身旁，一個模糊的影子在波濤中發出尖叫，一隻黑莓般大小的腳掌伸出水面，隨即又消失了。

「他們還沒有死！」斑爪喘著氣說道。她伏下身，準備跳下水裡，但被灰翅一口咬住了後頸。

她嘴裡叼著濃密的玳瑁色皮毛，吃力地說：「我不能讓你這麼做！星族讓我成為巫醫，是來為河族服務的，而不是要讓我冒著生命危險去救其他部族的貓。」

斑爪扭動著身子，掙脫起來，對灰翅怒目相視：「你怎麼能無動於衷，眼睜睜看著那隻小貓死掉，你這樣稱得上是一名巫醫嗎？」

「一位忠於她的部族勝過一切的巫醫。」灰翅低聲說道。痛苦在心中膨脹，這令她視線模糊，無法呼吸。

「灰翅說得對。」狐鬚說，「河族戰士冒著生命危險去救別族的貓，的確很瘋狂。好了，斑爪。」

兩名戰士踏著石頭離去。灰翅任由四肢彎曲，直接倒在鵝卵石上。她覺得四肢非常僵硬，寒冷襲遍全身。她還能記得，小貓被河水捲走時發出的可憐呼喊聲。

當河族族長藤星聽到關於風族小貓的事情時，她也深感震驚，但她贊同灰翅不讓斑爪跳進河裡的做法。灰翅低著頭站在她面前，她仔細端詳著這名巫醫。

「那些小貓掉進河裡並不是你的錯。」藤星低聲說。「他們被一次又一次地告誡不能靠近峽谷。」

灰翅搖了搖頭：「他們的母親多可憐啊。對他們的部族而言，這是多麼可怕的損失啊。」

「如果斑爪跳進去救他們，恐怕也成為河族的一個可怕的損失了。」藤星指出，「現在，你去休息一會兒吧。我會告訴巡邏隊多注意你的錦葵的。」

灰翅緩緩地走向窩。兩隻河族小貓——小野和小魚在她身旁蹦跳著。

「你親眼看著那些小貓掉下去了嗎？」

「他們是不是全部都一臉恐懼的樣子？」

「他們的眼珠有掉出來了嗎？」

「小野！小魚！別問這麼可怕的問題了！」他們的母親在育兒室裡訓斥道，「現在到這裡來！」

灰翅沒有抬頭。她走進窩裡，捲曲身體，這些小貓的死不是我的錯。

可是我為什麼會感到內疚呢？

當灰翅睜開眼睛時，整個窩都沐浴在月光中，營地裡靜悄悄的。她坐起身，很驚訝自己睡了那麼久。掩映著窩的蘆葦叢簌簌作響，她聽到空地上傳來了輕柔的低吟聲。灰翅懷疑是不是哪隻貓生病了，於是離開窩，從蘆葦間鑽了進去。有三隻貓正坐在空地中央。他們的毛髮上覆蓋著耀眼的白光。

「你們是誰？」灰翅結結巴巴地問。這些貓不是河族戰士，她從來沒有在大集會上見過他們。她不明白，他們是如何暢行無阻地進入營地。個頭最高的陌生貓是隻肌肉發達的棕色虎斑貓，他微微低頭。

「你好啊，灰翅。」他說，「我是風族的追風。這是狼心——」他朝身旁優雅的灰色母貓點了點頭，「而這是我們的族長，小星。」

第三隻貓體型不大，渾身蓋著光滑的黑白雜毛，他看著灰翅，藍色的眼睛十分友善。他說：「我們走了很遠來看你。」

灰翅打量著他們：「我不明白。難道閑星出什麼事了嗎？」是不是哪位風族族長忽然死了？她怎麼從來沒有聽說過其他兩位戰士呢？閑星的副族長不是翔蜂嗎？看在星族的份上，風族的新族長為什麼會在三更半夜來找她呢？

小星搖搖頭：「閑星很好。我們是本該存在於未來的貓。」

灰翅恐懼地盯著他們。眼前立即浮現出那三個嚇壞了的毛團，一個接一個掉入湍急河流中的景象。「你們是被淹死的小貓。」她小聲說道。

狼心點點頭：「正是。來吧，我們要給你看些東西。」她轉過身，帶隊穿過空地，朝育兒室走去。灰翅完全是不由主地跟了上去，她的腿彷彿在自動搬運著她身體。

追風用鼻子將垂在育兒室入口處，撥開用來保護寶貴小貓的荊棘叢。「你看。」他催促著灰翅。

噢，星族啊，保佑我們的小貓吧，灰翅探進頭，心裡不住地祈禱。這些風族小貓的到來，是否意味著要通過傷害河族最幼小的貓來懲罰她？窩的感覺很溫馨，充滿乳香，透過枝叢的月光依然足以讓灰翅看清楚裡面。乾莓正倦伏在小野和小魚旁邊，兩個小傢伙正在夢中緩緩地呼吸。乾莓的體側一起一伏，與孩子們的呼吸一致。

當灰翅望向她時，她的眼皮動了動，但沒有驚醒。灰翅馬上將頭縮回。「他們很安全。」她喘息著。

小星一臉驚訝：「當然了。難道你認為我們會動他們一根寒毛嗎？小貓是一個部族最特殊的部分。他們是將來擔負著保衛族貓重任的戰士，是將在最寒冷的禿葉季找到食物的獵手，他們還會繁衍出自己的後代，將自己所學的一切都傳授給他們。一個沒有小貓的部族跟滅亡沒什麼兩樣。」

「如果一個部族死去，所有部族的生存都會受到威脅。」追風補充道，「森林裡有五個部族。我們或許是競爭對手，但我們仍被星族聯繫在一起，這使我們比岩石更強，比樹根更強，比河流更強。」

「很抱歉。」灰翅面對著皮毛發光的戰士，低下了頭，「我本該讓斑爪救你們的。風族的損失同樣也是我們的損失。」沒有誰回答。她抬起頭，看著三隻貓漸漸隱退，返回他們在星空中的家。

灰翅眨眨眼。她正躺在自己的窩裡，身下白色苔蘚和羽毛亂糟糟的，就像她昨晚經歷了一場戰鬥一樣。灰翅努力站起身，將腿伸了伸。她怎麼會覺得像完全沒睡過一樣呢？那場夢！

她立即衝出巢穴，直接找到藤星。「我必須帶一支巡邏隊外出。」她喘著粗氣說道。

藤星把腦袋偏向一邊：「我們這麼迫切地需要藥草嗎？有哪隻貓生病了嗎？」

「不是，與這些無關。求你了，讓我帶斑爪和狐鬚走吧。晚點我會向你解釋一切的。」

「好吧。但要小心。河裡還是洪水氾濫。」

灰翅衝出藤星的窩，跑去叫醒斑爪和狐鬚。那隻母貓對她的態度依然冷若冰霜，但灰翅沒有嘗試道歉，一直沒有告訴戰士們他們要去做什麼。很快，他們就會明白了……灰翅帶著他們沿著河岸順流而行，朝太陽處走去。

當他們接近那些高聳的陽光岩時，她放慢腳步，始在岸邊仔細地嗅起氣味來。「你是在找什麼嗎？」狐鬚問道。

灰翅抬起頭。「我想找昨天溺水的那些小貓。」她說，「他們本該活下去，成為他們部族的戰士。我們得帶他們回家。」

斑爪吃驚地望著她：「可昨天你還說，我們和他們沒有任何關係，因為他們不是河族的！」

灰翅點點頭：「但我錯了。小貓應該是所有部族的寶貝。等我們帶著他們三個回到風族後，我會讓藤星提議在戰士守則裡新增加一條的：森林裡所有的貓都必須保護小貓，不管他們來自哪個部族。我們的未來全都依靠他們。」

「在那裡。」一個聲音說道。狐鬚止站在岸邊，背對著灰翅，朝遠處的河岸伸長了脖子。那個地方，有一團纏結濕透的毛髮被沖到一根枝條上。

「來吧。」灰翅低聲說道。她和族貓們跳進水中，在湍流中用力向前滑去。高漲的河水想把他們拖走，小樹枝拍打著他們，峽谷上還有其他碎片被沖下來，但他們伸長了脖子，將口鼻保持在水面之上，四肢不停地游著。灰翅首先來到了小貓們面前。透過被水沖得發黑的邋遢皮毛，她僅僅能辨認出離她最近的黑白色身形——是小星，如果倖存的話，他將成為他們的族長。灰翅叼起他，將他帶回岸邊。狐鬚咬著小追跟在後邊，斑爪則帶回了漂亮的小狼。

他們將這些小傢伙放在岸上，已經累得氣喘吁吁。灰翅用口鼻觸碰著每一具屍體。「你們的部族會賜予你們一場本可以擁有的戰士葬禮。」她告訴他們，「你們將在戰士守則中獲得永生，會讓每個部族都對小貓的安全負責，不管他們在哪裡出生。」

「寶貴的小貓們，平安地步入星空吧。」

陷入麻煩的小貓

沒有貓對所有的部族都必須保護小貓這件事產生過懷疑。但痛苦的經驗告訴我們，每隻小貓的命運都不相同，他們並不是都能長大，去捍衛那曾經保護過他們的戰士守則。

每個長大成熟的暴君或兇手也都曾是一個蓬鬆的毛團，也曾讓某一位母親滿心自豪。假如我們可以看透未來，我們還會同樣保護每一隻小貓嗎？

蕨足從影族領地邊界，轟雷路旁的寬大黏性植物中鑽出來，咧了咧嘴。對於魔鬼殺手，他和自己的族貓有著不同的看法。從這黑石頭鋪成的長條路上會發出臭味和噪音，讓他對其他的一切都感到又瞎又聾。他等著怪獸們的咆哮聲消退之後，才跳上那邋遢而難聞的狹窄草帶。

拱眼正在嗅聞落在轟雷路邊緣上的一些已經弄皺的灰色羽毛。「看起來，我們或許能抓些鴿子回家。」他判斷道。

我才不會想吃鴿子呢，蕨足心想。**牠的味道一定又焦又苦，吃起來就像在舔怪獸的腳。**

令他感到安慰的是，冬青花皺皺鼻頭。告訴拱眼說：「已經沒剩下什麼肉了。」

凝滯熾熱的空氣被一聲咆哮攪亂。蕨足猛地轉身，以為會看到從兩腳獸那裡跑出來的狗。但影族的狩獵場上沒什麼動靜，接著，冬青花發出一聲驚叫：「狐狸！」蕨足呆住了。

一個長著他們熟悉的尖口鼻的紅棕色傢伙正站在轟雷路遠端，雷族領地一側的鳳尾蕨間。狐狸脊背上的毛髮豎立著，腦袋壓得低低的。

「牠在悄悄地靠近我們嗎？」拱眼低聲說道。

「狐狸從不傷害成年貓。」鴉掌小聲回答，「除非牠們餓了。」

蕨足仔細窺視著。在牠們正對面的轟雷路邊緣，有什麼東西在顫抖。「牠感興趣的不是我們！」他嘶鳴道，「牠找到了某種更容易獲得的獵物。」那個毛團看起來像一隻小兔子，也有可能是一隻很肥的野鼠。

「雷族不會樂意有狐狸偷竊他們的新鮮獵物的。」拱眼幸災樂禍地說。

「那不是新鮮獵物！」冬青花大喊起來，「那是隻小貓！」不等其他的貓阻止，她便躍上轟雷路，跑了過去，站在那隻小貓身旁。

「走開！」她朝狐狸嘶吼道。

拱眼用眼角的餘光瞄了蕨足一眼。「我想，我們最好在她失去耳朵之前，趕快幫忙。」他低聲說道。

蕨足歎了口氣。是的，所有的小貓都應該受到不管哪個部族的保護，不管他們來自哪裡，但這個小傢伙還處於他自己的領地內！他們能等到一支雷族巡邏隊前來搭救嗎？顯然不行。

冬青花朝狐狸逼近，站在他和小貓之間。保護其他部族的小貓是一回事，拯救夥伴免受暴咬之苦則是另一回事。

蕨足和拱眼並肩衝過滾熱的黑石路，發出戰鬥的號叫聲。狐狸向後跳，大吼起來，露出長長的鋒利黃牙。

「你嚇不倒我們！」冬青花大吼著。她揮舞出利爪，收回的腳掌上黏著紅色的毛髮。狐狸向她咬來，他呼出的氣息難聞得像鴉食。

蕨足向後蹲下，伸出兩隻前掌猛擊，抓到了狐狸的耳朵，同時壓低身子，撲向狐狸的鼻子，在瞬即不及掩耳的速度下發動攻擊。狐狸搖晃著腦袋，甩掉口鼻上鮮紅的血液。

「衝啊。戰士們，衝啊！」雷族小貓尖叫著。蕨足幾乎忘了小貓還在那裡。他瞄準狐狸，再次發動攻擊。不等狐狸被擊得四腳著地，他又轉身跳開，待在那喀喀作響的下顎的攻擊範圍之外。

狐狸再次咆哮，接著轉身消失在灌木叢中。

「哇！你們太偉大了！」小貓高聲大喊。

蕨足舔掉自己眼中的狐狸血，轉身走向轟雷路。這隻小貓的棕色虎斑絨毛下掩藏著寬闊的肩膀，他正在黑石路的邊沿上蹦蹦跳跳。

「你劃傷了牠的鼻子！還撕爛了牠的耳朵！希望我長大能像你那樣勇猛戰鬥！」小貓繼續說道。

蕨足走上前問道：「你叫什麼名字？」

小貓抬起頭，睜大那雙琥珀色的眼睛望著他。「小虎。」他說。

「好，小虎，只要你聽導師的話，刻苦訓練，總有一天，你也能像我們一樣戰鬥。但你不應該離開你的營地。萬一我們沒有看到你怎麼辦？狐狸會把你變成牠的新鮮獵物的！」

「但牠沒有！」小虎洋洋得意地跳起來，「因為你們救了我！」

蕨足忽然意識到，與這個鼠腦袋毛球交流實在沒有意義。「總之，從現在起要更加小心！」他吼道。接著，他朝族貓們點點頭，帶著他們走過轟雷路。

小貓看著他們離去，不捨地伸長脖子。「願星族照亮你們前行的道路！」他尖聲說道，「謝謝你們救了我！影族將永遠是我的朋友！總有一天，我也會幫助你們的！」

戰士守則十三

族長的話，就是戰士守則。

並不是每一條戰士守則都有智慧，至少這一條會面臨自身族長行為能力的錯誤判斷。即便如此，這條守則從來沒有受到質疑。為什麼呢？其實開明的族長會採納資深戰士和巫醫的建議，而不會獨斷的自己做決定。而且優秀的戰士一向不怕挑戰族長，即使冒著違背戰士守則的風險。但無論如何，族長必須對發生的一切負責，如此的重擔本身就值得我們敬重。

暗星的規定

雨雲屏住呼吸，看著暗星爬上大岩石。天族族長已接近第九條命的末尾。他用後腿將身子向上撐時，看起來十分痛苦而虛弱。雷族族長蔓星走上前去幫忙，用牙齒咬住暗星的後頸，把他拖了上去。

暗星疲於呼吸，喘著粗氣側身躺下，連感激的話都無法說出來，影族的第五任族長黃星跳了上來。天族族長在經歷他所有生命的過程中，一直是一位強壯而深受敬仰的戰士。長時間以來，響雲一直擔任著他的副族長，她一直害怕，將不得不看著族長永遠離開部族的那一天。她和其他的副族長一起站在大岩石腳下，看著前來參加大集會的群貓。

河族族長鷹星首先報告說：兩腳獸停留在他們領地內遙遠的田野中。他們每次新葉季都會來，看起來甚至不知道貓群的存在，但這次他們帶來了幾隻狗，並已經到了離營地很近的危險距離之內。

爪星安慰其他部族說，他的戰士們已經把那些狗嚇得夾著尾巴逃跑了。

風族的樺星宣布誕生了一些小貓，新任命了兩名戰士。接著黃星介紹說有一隻又老又髒的狐狸，在影族領地邊緣製造麻煩，因為他似乎什麼都不怕。

接著，蔓星走到了岩石邊緣。「我們有三隻新生的小貓和四名新任命的戰士。」他甩甩灰色的長尾巴，宣布道，「我們感謝星族在這季節裡賜予雷族充裕的獵物，希望我們能在落葉季和禿葉季繼續自給自足。」

說著，蔓星餘光瞄了瞄正低頭閉眼的暗星。

雨雲不知道。暗星有沒有聽到蔓星話中帶刺的報告。雷族巡邏隊被發現越來越頻繁地出現在與天族共用的邊界上：不僅僅是邊界巡邏隊，而且還包括狩獵巡邏隊。雨雲懷疑，有那麼多新生的小貓需要餵養，雷族正開始將目光投向他們領地之外的新鮮獵物資源。

鷹星推了推暗星，他猛地抬起頭，走到大岩石邊緣，以那混濁的黃眼睛盯著下面空地上的貓群。

「五族的貓啊。」暗星氣若游絲地說道。空地上的貓頓時安靜下來，雨雲才鬆了一口氣，「我們也有個聲明。希望將天族領地的一部分讓給雷族。以便餵養他們的新小貓。」

雨雲不敢置信，她緊盯著族長。隊伍中，天族貓的毛髮都豎立起來，警覺地相互低聲交談。雨雲看到枝尾搖搖頭，和她一樣目瞪口呆。

暗星抬起頭，在月光的勾勒下，他忽然間彷彿又成了過去那位偉大的戰士：「雷族可以擁有我們邊界上的那片領地，從河岸一側的樺樹，到另一側的黃色兩腳獸窩。願這些狩獵場所對他們來說，能像對我們一樣有幫助！」

雨雲馬上跳了起來，她不能再沉默地聽下去了。「暗星，你確定要這麼做嗎？」她懇求道。

她不願讓所有的部族都看到她挑戰自己的族長，但此刻，她不知道還有什麼其他辦法。暗星幾乎把天族四分之一的領地拱手讓給了鄰居！難道他太害怕發生衝突，而想在邊界受到威脅之前與蔓星言和？

雨雲感覺到所有的目光都在灼燒她的皮毛。她沒有理會那些驚愕，而是躍上大岩石，將臉湊近暗星。「你在做什麼？」她嘶鳴道，「你難道不相信，你的戰士能保衛自己的領地？從來沒有哪個部族會主動放棄自己的狩獵場所的！」

暗星轉身，語氣十分堅決：「雷族比我們有更多的貓需要撫養。天族總還能擴展到其他的邊界。」

「不，我們不能！」雨雲憤怒地猛抽尾巴，「兩腳獸窩擋在了我們的一邊，而另一邊又是伐木場。戰士守則裡說，我們必須時時刻刻保護我們的邊界！」

暗星看著她，黃色目光中的有力眼神令她感到害怕。他站起來，岩石下的貓群重新安靜下來，彷彿正等待他在他們中間投下一道閃電。

「請原諒我那無禮的副族長。」暗星聲音沙啞地說，「她還不明白真正忠於部族到底意味著什麼。蔓星，那片領地是你們的了。我的戰士會在明天設定新的邊界標記。」

蔓星點頭致謝。他瞇起眼睛，充滿疑惑，但他不會拒絕這份慷慨的饋贈。

雨雲絕望地仰望天空。難道星族真的會讓這一切發生嗎？但滿月依舊，就像一個完美的發光圓盤。天空中一絲雲都沒有。他們的戰士祖靈似乎也在示意，暗星可以對本屬於部族的領地為所欲為。雨雲的尾巴垂了下來，她轉身離開大岩石。派出巡邏隊改變邊界，縮減天族狩獵場所的任務將會落到她的身上。

「等等！」暗星命令道。雨雲停下來，回過頭。

「我希望，你成為我向戰士守則中新增一條規則的見證者。」天族族長厲聲說道。此時，他的眼裡已有了微光，但仍然不是很有神。

雨雲覺得渾身的毛都豎立起來。她的族長瘋了嗎？而且是在大集會上？

「沒有任何族長，應當在其他部族面前忍受這種挑戰。」暗星宣布道，「我提議增加一條新的規則：族長的話就是戰士守則。我們說的話絕對不能受到挑戰。星族賦予了我們領導的權力。星族也會希望如此的。」

噢，不。這不能成為戰士守則的一部分。從根本上講，族長也是貓，也有好壞之分，或是二者兼具。雨雲能想像自己的嘴吃驚得張了有多大。她忍不住地搖頭，但強迫自己站定，閉上嘴巴，以免說出什麼更加激怒暗星的話來。她並不在意自己會受罰，但忽然間，她覺得自己成了整個部族最後的希望。

「我支持新的守則！」蔓星大聲說。

出乎預料之外，雨雲原本等待某位族長指出這條規則是多麼荒謬可笑，每個部族裡都不僅僅只有一隻貓的意見有價值。可令她意外的是，其餘三隻貓也依次上前，與蔓星一樣表示同意。

黃星的眼裡有一絲困惑，鷹星的副族長死死地盯著他，似乎在質疑他做出這樣一個決定的心智問題，可規則已被接受。族長的話現在要被視做戰士守則的一部分了。

蔓星似乎感覺到空地上有幾隻貓打算反對，便迅速宣佈大集會結束，並跳下大岩石。他的族貓們一下子聚攏到他身旁，跟著他一起順著斜坡向上，離開了空地。其他的族長也隨之而去，留下暗星最後下來，他那僵硬的關節啰啰作響。雨雲依然坐在岩石邊的陰影中。暗星經過她身旁時，停了下來。

「你還是可以繼續擔任我的副族長。」他聲音低沉地說，「但永遠不要再這樣挑戰我。黎明時馬上改變邊界。」

他跳到地面上，用尾巴召喚天族貓。他們離開空地時，依然在交頭接耳。其中一兩隻貓焦慮地回頭看了看雨雲，似乎在擔心她會因為在大集會上跟暗星爭吵而被驅逐。不，她只是受到了羞辱。但雨雲知道，她不會讓天族淪落到如此地步，她甚至不該依賴暗星。

她留在岩石上，直到離去貓群的影子不再搖曳。她凝視著月亮，它還是那麼毫無表情地待在萬里無雲的天空中。

你真的希望如此嗎。星族？她無聲地悲歎著。當一名想要改變一切的族長到來時，將會發生什麼？讓部族間彼此對抗，毀滅我們曾賴以生存的所有的價值觀？

到那時，你會怎麼做？

一段空洞的祈禱：雲星的話

只有少數的貓才知道，森林裡曾經居住著第五個部族。天族貓的跳躍能力最強，他們居住在高樹上，在那裡他們能從樹枝上捕捉鳥類。但很久以前，天族就被兩腳獸的怪獸驅逐出了他們的領地，然後又被四大部族趕出森林，繼而他們從部族貓的記憶中刪除了，只留下了罪惡的痕跡。跟我去看看天族的新領地，在一片新的天空下，離森林很遠的地方。

夜幕降臨，峽谷萬籟俱寂。這令我的部族感到不安。他們習慣了聽到枝條的沙沙聲和鳥兒們在枝頭的鳴叫聲。當我們生活在森林裡時，不僅僅只有無盡的天空和星星一起閃爍，還總會有我們想像不到的東西。我很好奇，我們的戰士祖靈中是否有誰能看到我們？如果能看到的話，他們願意聽嗎？我知道，天空中那些寒光的碎片不是我的戰士祖靈。從兩腳獸帶著三個食樹獸襲擊我們的領地，推平土地來建造他們堅硬的紅石窩以來，星族就已經很久沒有守望我們了。

我那可憐的部族，我把他們帶到這遠離家園的地方是否正確？或許，我們應該堅持留在森林，結合我們最後剩餘的力量進入雷族或風族，去奪取他們的一些領地，但不包括影族或河族。無論我們有多餓，也永遠適應不了蛙類和魚類的味道。

我們長途跋涉來到這裡，我希望這裡能像

我們生活了很久很久的森林一樣，成為我們的家園。我們有洞穴可以藏身，有新鮮水可以飲用，只要有耐心學會在開闊地而不是在高灌木叢中潛行，這裡的獵物也會十分充裕。昨天，鵲尾和鼠牙帶回了一隻松鼠，這附近一定有樹林。或許明天我會去探查懸崖那邊的情況。我必須如此，我不應讓族貓比我更瞭解我們的新領地。

可我太累了。我只求一處能有獵物，能遮風避雨的地方休息睡覺。也許不僅如此，我真的想在這沙地雕琢而成的奇怪地方生活很久嗎?沒有鳥飛，一切都不再相同。只要一睡覺，我的夢境就是一片空白的黑暗，不管吃什麼東西，我都感到味同嚼蠟。

我帶領我的部族來到了一個我認為他們能生活下去的地方，但這似乎還不夠。這裡的星空無論對他們還是對我而言，都非常陌生，因此，我們已經習慣的生活方式的唯一途徑。族長的話就是戰士守則。

所以，他們都看著我，等待我告訴他們一切都會好起來。河族將再自豪掌控自己的領地。可這裡不是我們的領地。它是一個空蕩蕩的河谷，一個以天為頂，穿過橙色岩石的坑道。我們的祖先即使曾經存在，現在也不再與我們同在。我們過去的獵物堆裡彷彿有羽翼豐滿的鳥類低鳴。

可現在，我們吃鼠類和兔子，只要我們速度夠快，就能抓住牠們。三更半夜，我聽到族貓在悲歎，他們希望能回到森林。真是鼠腦袋啊！那裡已經什麼都沒為我們留下。現在，這裡就是我們的家。

我們將學會狩獵，並保衛我們的邊界不受任何生活在附近的貓的侵擾。我們真的不需要我們的戰士祖靈，也不需要其他部族來告訴我們該怎樣做。我的族貓非常信任我，並追隨我來到這裡，我不能辜負他們。鳥飛永遠都不會希望那樣。

只要我還在，天族就將生存下去。族長的話就是戰士守則。

戰士守則十四

值得尊敬的貓戰士，不必在戰爭中奪取敵貓的性命，除非他們違背戰士守則，或是出於正當防衛。

我很清楚了解，寵物貓認為我們是兇殘、嗜血的傢伙，認為我們用敵貓的毛皮建造自己的窩，但事實並非如此。與部族之外的貓發生戰爭，更加容易導致死亡，因為那些貓往往對不需要流血就能取得勝利而不以為意。現在我告訴你一段，部族貓也厭惡流血的痛苦經歷。

巫醫的決定

苔蘚心咀嚼完金盞花葉，把葉汁小心地吐在一片葉子上。

「它們能幫助治療感染。」她告訴笨拙地側躺著的那隻灰色斑紋公貓。參差的傷口有腐肉的味道，邊緣有些發黃，周圍的皮膚薄弱而紅腫。

「要是讓我抓住那隻無恥的風族貓，我就扯斷他的喉嚨。」煙掌咬著牙說。

苔蘚心搖搖頭：「那麼，他的部族就會失去一名戰士，並且發誓要找影族復仇，而這將永無止盡地持續下去。你來我往的，鮮血在邊界兩端濺灑。」

「我們必須保護我們的邊界！」煙掌嘶吼道，「這是戰士守則裡說的。」

苔蘚心嘆氣。影族和鄰居風族的邊界衝突在最近幾個月裡變得越來越暴力，雙方都有戰士穿越轟雷路發動突襲。

兩個部族都缺食物，風族並沒有忽然對蛙

類產生興趣，影族……還沒有敏捷到能夠捕捉兔子。都是那愚蠢的自傲，使得兩個部族都不肯先停下來。一名風族戰士上個月死去。一隻影族母貓的腿瘸了，再也無法為部族狩獵或戰鬥。

苔蘚心將附有多汁的綠色葉漿包紮完傷口，在表面放上蜘蛛網，試圖把傷口邊緣合攏，好讓藥膏就位。「沒有我的同意，你就不要動。」她警告煙掌。她又在他的腦袋下墊了些乾苔蘚，好讓他更舒服。

然後，她走出窩外，以便擺脫金盞花苦澀的味道，使得頭腦清醒一點兒。

幾隻族貓站在空地的另一邊，豎起耳朵盯著樹林。一隻懷孕的白色母貓轉身看著苔蘚心。「他們又打起來了。」她說，「你聽。」

「噢，星族啊，不！」

苔蘚心走上前，站到百合毛身旁，突然她感到自己的皮毛異常地灼熱黏稠，鼻子有一股酸酸的味道。她低下頭，看到深色的皮毛已經被深紅的血染透、鮮血正順著她的腿流下來，滴在地叫上。她張大嘴巴想要呼叫，卻被一個濃稠的鹹塊噎住了。一反胃，她把它吐了出來。

「苔蘚心？你沒事吧？」

苔蘚心睜開眼睛。百合毛蹲在她旁邊，皮毛健康而潔淨。

「你喉嚨裡進毛球了嗎？」

「不。我……」苔蘚心站起身。嘴裡唯一的味道就是金盞花汁。模糊的戰鬥聲在微風中飄揚：呼喊聲、貓們撞擊地面的砰砰聲、爪子劃過皮毛的撕裂聲。那麼多的血……

苔蘚心立即循聲奔去。

「等等！」百合毛喊道，「你要去哪裡？」

「我們必須阻止戰鬥！」苔蘚心尖叫著說，同時沒有減速。剛才的幻想一定是星族傳遞的訊息，星族告訴她，森林裡的群貓正處於被鮮血淹沒的危險境地。

她的身後傳來沉重的腳步聲，她意識到百合毛跟了上來。「快回去！」她喘著氣說，「你的孩子們……」

「我的孩子們會沒事的。」百合毛氣喘吁吁地回答說，「我已經看過你常常做出有助於部族的事情。」她緊張地餘光看了看苔蘚心，巫醫感覺到她的目光像蝴蝶似的落在自己的臉上，「事情會變糟嗎？我是說，比原來更糟。」

苔蘚心點了點頭。

兩隻貓衝出樹林，進入離轟雷路不遠的一小片空地上。空氣中有了怪獸的味道，路邊的灌木被它們污穢的呼吸染黑、變枯了。空地中央，貓群的血光和尖叫聲交雜在一起。苔蘚心眯起眼睛看過去，是兩支都由幾名見習生和戰士組成的大規模巡邏隊。

「停下來！」空地遠端傳來一聲尖叫。

苔蘚心透迸激戰的貓群望去：「那是？」

一張灰色的小臉從熏黑的灌木叢中露了出來。「立刻停下來！」他再次咆哮道。

「是疾足！」苔蘚心說。她認出了那隻她在大集會上見過的風族巫醫。

灰色公貓走到一隻已經一動也不動的族貓屍體旁，憐憫地看了一眼，然後走到離得最近的扭打中的貓旁邊。「夠了！」他命令道，「這裡沒什麼可贏的！」

兩隻貓停下來，望著他，並退後幾步。疾足用鼻子推了推風族戰士。「回家！」他嘶鳴著。令苔蘚心吃驚的是，對手轉身便跑進將空地和轟雷路分隔開來的灌木叢中。之前與他搏鬥的影族戰士，是一隻名叫圓木毛的深棕色虎斑貓，他往後蹲下來，準備重新投入戰鬥，但苔蘚心猛衝向他，用身體擋住了他的路。

「戰鬥還沒結束！」圓木毛吼道。

「不再有戰鬥了。」苔蘚心回答說。

圓木毛憤怒的瞪著她，然後才轉身離開，尾巴上的傷口還流著血。

「星族啊，你在做什麼？」一個聲音問道。

苔蘚心轉過身。銀罩站在她身後，臉上灰

色的條紋濺滿了血跡。「你想讓我們輸嗎？」他咆哮道。

「不。我想讓你們活。」苔蘚心喝斥道，「你們要一直戰鬥下去，直到再也沒有戰士存在嗎？」她用尾巴指了指倒在地上的那些屍體，「又有三隻貓死了？這會有什麼好處？」

「那其中的兩個是風族的，這意味著我們又少了兩個敵手。」銀罩得意地咧著嘴。

苔蘚心搖著頭。「你比我想像的還要鼠腦袋。」她悲哀地說。

在他們身後，戰士們搖搖晃晃地分開，腳步蹣跚地站在各自領地的灌木中。

銀罩厭惡地看著她：「你現在開心了，苔蘚心？我們本來可以贏下這場戰鬥的。」

「不，你贏不了。每場戰鬥都是一次失敗。」

副族長嘶鳴一聲，一瘸一跛地離開了。苔蘚心決定等一會兒再告訴他，他的傷需要用金盞花來處理。

此時，百合毛走上前。「有什麼我能幫忙的嗎？」她問。

苔蘚心環顧空地。兩隻風族貓已無法再回到他們的營地，一名叫斑掌的影族見習生的情況也是一樣。苔蘚心看到他那弱小的棕色屍體時，頓時哽噎了。一陣溫暖的微風吹過他體側的皮毛，看起來他好像仍在呼吸，但死亡的氣息縈繞著他，那雙明亮的眼睛呆滯而混濁。

疾足抬頭看著苔蘚心。「很抱歉讓你們受到損失。」他說。

「我也一樣。」苔蘚心憂鬱地回答。

「這種狀況必須停止！」疾足嘶吼起來，嚇了苔蘚心一跳，「要是我們失去這些戰士，就會在隨後的禿葉季裡挨餓，星族怎能讓這種事發生呢？」

「你去過月亮石和他們交流討論過這件事嗎？」苔蘚心問道。

「沒有。你呢？」

苔蘚心搖搖頭。

「那我們就去吧。你和我，還有所有其他的巫醫。如果我們全都出現，或許星族將不得不聆聽我們的話語。」

苔蘚心望著他。她在大集會上見過其他巫醫，但從未在沒有其他族貓在場的情況下，與他們單獨見過面。「我們該怎樣告訴他們我們的打算呢？」

「我會去拜訪他們。我會獨自去，這樣就很顯然不會對別的部族構成威脅，我會把他們都帶到高沼地。明天日出時，我們在高岩山口見。」

苔蘚心明白疾足是正確的。巫醫需要團結起來。他們擁有治療部族的力量，也許這意味著他們能在戰鬥發生前阻止這一切。

「我會去的。」她承諾道。

第二天早上，苔蘚心來到高岩山口時，疾足從金雀花叢的轉角處露出了腦袋。「我還以為你會決定不來了呢！」

他問候她，河族巫醫扁尾跟在疾足的身後。她還是小貓時，尾巴就被一頭怪物給壓扁了。她的眼神發光。「我簡直無法相信我們要做的事！」她喘著氣說，「我們五個，同時去和星族交談。」

「或許我們早就該這樣做了。」疾足低聲說道，「來吧！日落前我們還有一大段路要走呢！」

疾足帶領大家穿過高岩山。信心滿滿地行走在耀眼的陽光下。苔蘚心和天族的鵪鶉羽並肩而行，一點兒也不嫉妒他那濃密的長毛。扁尾跟在雷族巫醫刺面的身後。刺面的脾氣和他的名字一樣。苔蘚心猜測，他會對他們正在做的事情發表些尖酸的評論，但一路上大多數的時間他們都是沉默的，只有在需要休息和找水時才會說話。太陽溜到山脊之後，他們頭頂的天空變成了淡紫色，一輪清晰的半月出現了。

「它是紅色的！」

月亮像是被深紅的色彩洗過一樣，邊緣的顏色則更深。苔蘚心從未見過這樣的月亮。

「這是血的顏色。」鵪鶉羽靜靜地說。

也許星族已經在等我們了，苔蘚心琢磨著。進入月池時，刺面走在最前邊帶路。他們開始了漫長而充滿回響的黑暗之旅。忽然，前方的黑暗隱退，一種水紅色的光開始照映在石壁上。刺面加快步伐。很快地，他們就沿著隧道跑起來，衝進了月亮石所在的石穴中。水晶石反射著今夜深紅的月亮，散發出的血色光芒在眾貓的眼中閃爍。

疾足朝著月亮石點點頭。「你們知道該做什麼。」他對同伴們說，「我們必須向星族詢問，是否有阻止戰爭的辦法。」

苔蘚心蹲下，鼻子貼著石頭的底部。石頭很冰涼，她瑟縮了一下，但漸漸地，它變得溫暖起來，苔蘚心開始感觸到了它輕微的悸動，就像是躺在母親的懷裡。在這裡，她是安全的，既安全，又被關愛。在月亮石所在的洞穴內，不會有鮮血飛濺。

「影族！進攻！」苔蘚心聽到右邊緊挨著她的銀罩發出叫喊聲，趕緊跳了起來。她環顧周圍，意識到自己又回到了轟雷路旁的那片空地上。在她四周，一支影族巡邏隊正奔跑著衝向迎面而來的風族貓。她眼前上演的正是昨天戰鬥的開始。

「你無法阻止，這你很清楚的。」苔蘚心低頭看去。一隻瘦小的棕色公貓站在她身旁，他的棕毛上有著薑黃色的斑點！

「你沒有去戰鬥？」見習生抬頭看著她：「我怎麼去？我死了，你還記得嗎？」

「可這是昨天！」苔蘚心反駁道。

「不，不是的，這是每一天。」斑掌說，「這是戰鬥，像這樣的戰鬥會一次次地上演，永遠都會存在，你什麼也做不了，無法改變這一切。我們戰鬥的目的是為了保護我們的領地，保護我們的孩子，以及我們在其他部族中的名譽。這才是戰士該做的。」

「可是你卻因它而喪命。」

斑掌顯得很悲傷：「是的。真希望我沒有死。我想成為影族有史以來最優秀的戰士。」

苔蘚心用口鼻碰了碰他毛絨絨的耳朵。「很抱歉，小傢伙。」她低聲說。

斑掌開始消散。「你無法阻止戰鬥。」他重複道，「但也許你能阻止死亡。風族戰士沒有必要殺死我。我知道我輸了。如果他放我走，我就會逃跑的。他沒必要還咬我，一次比一次還狠……」

他那藍色的眼睛閃爍出一絲光芒，接著他的身體不見了，就像落日般消散了。悲痛襲遍全身，苔蘚心閉上雙眼。這是多麼心痛，多麼刻骨的遺憾啊！

當她睜開眼睛時，又回到了石穴，躺在月亮石旁邊。她的身體寒冷且麻痺，她站起來伸伸四肢，弓起背，將尾巴捲到耳旁。

「怎麼樣？」疾足和其餘的巫醫一起坐在陰影處問道。

苔蘚心一驚，意識到她是最後一個醒來的。

「我……我夢到斑掌了，他是昨天死去的影族見習生。」她說道。當她看到其他貓相互點頭時，她沒再繼續說下去。

「我們都夢到了死去的族貓。」鶴鶉羽說，「每隻貓所說的話都一樣：我們永遠也無法阻止戰鬥的發生，但他們都清楚，在被殺死之前，自己已經失去了戰鬥力，不需要靠他們的死來證明另一隻貓的勝利。」

「沒有死亡的勝利。」刺面喃喃說道，「你們認為部族會接受嗎？」

「他們必須接受。」疾足說，「星族告訴了我們所有的巫醫同一件事：戰士不需要靠殺戮來成為勝利者。」

「那如果他是在為生存而戰呢？」扁尾一臉憂慮地插話道，「如果對付的是狐狸，或者獾呢？」

疾足點點頭。「可以有例外。」疾足肯定道，「有些戰鬥只能以死亡結尾。但是，部族與部族間的戰鬥，殺戮不是需要的答案。」

「我們該什麼時候告訴我們的族長？」苔蘚心問道。

「為何不等到下次大集會？」鶴鶉羽建議道，「只剩七、八天的時間了。我們可以把夢境告訴他們，建議在戰士守則增添一條。族長們無法把我們說的都否決了。」

「說得對。」疾足說，「從現在起，我想我們應該半個月聚會一次，與星族一起交流。我們其中的任何一隻貓都不希望看著我們的族貓死去，要是永遠不需要治療戰鬥所帶來的傷病，我們都會很高興的。與我們的族貓不同，或許邊界對巫醫而言是不存在的。我們應該在任何可能的時候共同努力，保持所有部族的和平和健康。」

一路上是新鮮空氣和熠熠星光的通道，疾足帶領大家走出月池。當他們鑽出來時，月亮又變回了原來的清晰、明亮、潔白。

貓群走下斜坡。他們的腳掌踏過低矮的草地，發出沙沙聲。苔蘚心覺得聽到附近有另一種腳步聲，儘管她沒有靠近其他任何一隻貓。接著，她聞到了某種氣味，她知道，是誰和她一起奔跑了。

謝謝你們，斑掌低聲說。你們的規則將挽救很多、很多貓的生命。星族將永遠以你們為榮。

戰士守則十五

戰士拒絕過寵物貓那種輕鬆優渥的生活。

部族生活的方式已經和寵物貓的生活方式大不相同。部族貓靠自己狩獵來獲取食物，選擇自己所屬的邊界，為保護領地而戰。

我們遵循許久以前早已被遺忘的那些貓兒所訂下的規定，盡力扶養族貓。

許多部族貓會說我們過得比你們寵物貓好，但我覺得未必如此。不管在何處，都有好貓和壞貓，每隻也都有善良或邪惡的一面。

你想過嗎？如果每隻部族貓都心靈純淨、無比忠誠，那根本就不需要戰士守則的存在。

松星的祕密

「嘿，獅掌！你見到松星了嗎？」

獅掌停止整理皮毛，抬頭看了看。「我想，松星帶著狩獵巡邏隊出去了。」他告訴自己的導師。

陽落眯起眼：「我也這麼認為，但狩獵巡邏隊剛剛回來，可是松星並沒有和他們在一起。」

獅掌不再去管他纏結的毛髮，走向那名亮橙色戰士。「你想叫我去找他嗎？」他問道。

陽落搖搖頭。「我想叫你和我一起去巡邏，檢查沿河的邊界。」他解釋說，「黎明巡邏隊在樹林裡發現了一些河族貓的氣息。」

獅掌頓時感到背脊毛髮直豎。那些骯髒的河族貓！他們為什麼不能待在自己的領地裡？上次戰鬥爆發時，他還是隻小貓，因為太小而不能參加，可現在，他已經準備好撕爛他們的耳朵了！

但他和陽落巡邏後，只在樹下發現了非常

微弱的河族貓氣味，有可能是被吹過來的。因此他們沒去找他們的鄰族，但獅掌仍死死地瞪了一眼那些在陽光岩上曬太陽的貓，以便讓他們明白，河對岸是不歡迎他們的。等他們返回營地時，松星也回來。

巡邏隊剛一鑽過通道，他便問候他的副族長。「陽落，邊界都平安無事吧？」

「是的。」陽落回答，「你們有很多收穫嗎？」

松星點點頭：「星族對我很好。」

獅掌吃了一驚。松星身上並沒有新鮮獵物的味道，只有花兒和被壓倒的草的氣息。陽落告訴過他，他今天的巡邏做得很好。獅掌覺得松星很快就會邀請他加入一支巡邏隊，好讓他向族長展示已學到的本領。但松星很少和其他貓一起出行。他說自己寧願單獨巡邏，以便更清晰地聽到動靜、聞到氣息。獅掌感到非常沮喪。要是松星永遠看不到他狩獵和戰鬥，又怎麼能知道最適合他的戰士名呢？他的見習只剩下兩個月，因此時間已不多了。

第二天早，獅掌很早便醒了。同窩的夥伴都還在睡夢中。他走出窩外，空氣十分清冷，還帶著發霉的味道，暗示著落葉季節就要來臨。空地上空蕩蕩的，但荊棘叢通道正在顫抖。似乎有貓剛從那裡鑽過去。獅掌趕緊跑過去，想著不管是誰，這隻貓都需要個同伴。

一個紅棕色的身影剛剛抵達峽谷的頂端。是松星！或許這是獅掌展示自己一些技巧的好機會。他跟在他身後跳上岩石，打算到了頂上就呼喚他。可當他到那裡時，松星已經消失了。獅掌環顧四周。一叢鳳尾蕨晃得比被風吹過還要厲害，雷族族長的氣味就飄在還掛著露珠的草地之上。獅掌壓低身子，追尋蹤跡。他想看看自己在不被發現的情況下，能跟蹤松星走多遠。這將是展示自己潛行功力非常好的辦法！

獅掌在後面保持著足夠的距離，以免被發現。他盡可能悄悄地邁步，跟著松星穿過領地，經過伐木場，進入了稀疏的樹林。在松樹林裡要跟蹤而不被發現是很困難的。獅掌不得不在倒地的樹幹和稀疏的鳳尾蕨叢中跑，希望松星不會回頭看。他太專注於不踩到任何會嘎嘎作響的東西，以至於沒有意識到自己到了哪裡，直到透過鳳尾蕨，看到兩腳獸的柵欄出現在他面前。

這些柵欄就在森林的邊緣！但松星在哪裡呢？在樹木間距這麼寬的地方，要發現他是很容易的事情，但邊界兩邊都沒有他的身影。獅掌從藏身地伸長脖子，用力嗅了起來。氣息的蹤跡還在，而且直接指向森林之外。

難道松星追逐著一隻寵物貓而跑出了雷族領地？獅掌很確信，那樣的話，他一定會聽到某些動靜，他思索著，從最外層樹木下的長草叢中穿過，嗅起兩腳獸的木柵欄底部來。松星顯然爬到這裡，因為木頭上有抓痕。看起來，這是一個經常被攀爬的位置。

獅掌爬上木柵欄。腳下的柵欄晃動起來，他抓住頂部，將爪子嵌了上去，等找到平衡後，他看了看下面兩腳獸領地內的小塊方形空地。短短的綠草中點綴著氣味濃郁的花，一棵奇怪的沒有葉子的樹立在中間，上邊掛著顏色鮮亮的兩腳獸的皮毛。就在無葉樹的那邊，草地變成了平躺的石頭，兩個細長的木頭東門有三隻皮包骨的腿站立著。它們腿的頂部都有一個平臺，其中一個平臺上，一個紅棕色的身影蜷縮著，尾巴垂在邊上。獅掌差點兒從柵欄上掉下去。松星在兩腳獸的領地裡做什麼？

獅掌正準備跳下去叫他，兩腳獸的窩內便傳出了一陣拍打聲。一隻兩腳獸出現了。獅掌藏到一叢花的後邊，花粉刺激著他的鼻子，他盡量克制著不打噴嚏。兩腳獸發出了某種噪音，令獅掌驚愕的是，松星居然在回應。

「噢，謝謝你，你搔弄我的耳朵時，我很喜歡那種感覺！你能搔我的背嗎？太棒了！」

獅掌從葉片邊緣偷偷望去。兩腳獸在那細長的東西旁彎著腰，用一隻無毛的手掌撥弄著松星的毛髮。要不是松星發出了愜意的喵嗚聲，獅掌會以為他遭到了襲擊。但他卻正在享受。

松星仰面躺著，後腿垂在那個平臺的邊緣上。他的頭向後仰起時，獅掌瞥到他正愉快地閉著雙眼。忽然，獅掌很害怕自己被看見，於是重新爬過柵欄，鑽進長草叢中，他希望能一口氣跑回營地，忘記剛才看到的一幕……他很清楚。他不能那樣做，他必須向松星問清楚他在做什麼。會不會是某個襲擊兩腳獸的祕密計畫的一部分？

「獅掌！你在這裡做什麼？」

松星站在棚欄頂端，低頭看著他。

「我……呃……」，獅掌結巴了。

松星跳下來，就近盯著他：「你在跟蹤我？」

「是的。」獅掌承認道，「我想向你展示我的潛行技巧。」

「是啊，我沒有發現你，因此你的技巧一定很好！我想你現在一定很好奇，我和那個兩腳獸在做什麼。」

獅掌點了點頭。他覺得身上的每一根毛都像在被火燒。

松星開始朝樹林裡走去，獅掌快步跟上。「上個月，生活在這裡的寵物貓製造了些麻煩。」松星解釋道，「他闖入森林，嚇唬我們的獵物。當然，倒不是說他抓到了什麼。但我決定瞧瞧，要是我闖入他的領地，看他會不會高興。我想給他一個警告，最好讓他滾。」

獅掌感到心裡的一個結終於解了。他早就猜到，這才是松星越過柵欄的原因。

「可是很倒楣，他不在。」松星繼續說，「這時，我聽到兩腳獸來了，於是我跳上那個平臺，假裝自己是另一隻寵物貓，以免她產生懷疑。我可以告訴你，這樣做很難！」

獅掌點點頭。他的族長真是既勇敢又聰明啊！獅掌永遠也不會想到假扮成一隻寵物貓！

「你不會跟其他貓說起任何事，對嗎？」松星需要確信，「我不希望其他的戰士嘗試這樣做。這太危險了。」

獅掌搖了搖頭。「噢，不會。我一個字也不會說。」他信誓旦旦地回答。他的尾巴興奮得刺痛起來。松星一定像信任一名戰士那樣信任他！或許，因為他們之間有這個共同的大祕密，他的戰士名會叫做獅信，或是獅忠。

「我早料到！」陽落咆哮道。他壓低身子，將橘色毛髮隱身在蕨葉叢裡，並向獅掌示意。「回去通報營地，告訴松星我們的領地被入侵了！河族戰士故意越過邊界。我們不能善罷干休，請松星立刻派支戰鬥隊伍過來。」

獅掌點頭，立刻轉身，擠過藍毛和褐斑身邊，循原路往溝谷走去。他奮力一躍，跳下岩石，衝進通道。「河族進攻我們了！」他呼喊著。

幾個腦袋出現在空地上。「松星在哪裡？」獅掌氣喘吁吁地問，「他必須派一支戰士隊伍過去。」

「我還以為他和你們在一起呢！」畫眉毛說道，「我會帶領一支隊伍去陽光岩。你去找松星，告訴他發生了什麼。」

獅掌轉身衝出營地。他能猜到松星在哪裡，保護他們的領地免受那隻討厭的寵物貓的騷擾！好吧，但他必須在那些魚臉貓戰勝整個雷族之前，趕緊把注意力轉到河族身上去。

獅掌跑過松樹林，衝上木柵欄。他無法在柵欄頂端站穩，從另一邊滑了下去，落在一堆花中。他抖落身上的泥土，環顧四周。

松星站在白石上，吃著一碗棕色的顆粒物。兩腳獸站在他旁邊，露出牙齒，發出輕柔友善的聲音。松星用舌頭舔過嘴邊，抬頭望向兩腳獸並用身體纏繞著她的後腿。「味道真美！」他說，「還有嗎？」

「松星！你在做什麼？」

雷族族長頓時僵住了。他直勾勾地望著獅掌，眼裡掠過一絲恐懼。接著，他從草地上跑過來。「你不應該在這裡！」他嘶吼道，「要是那隻寵物貓來了怎麼辦？」

「河族正在入侵！」獅掌告訴他，「你必須跟我來！」

松星盯著腳下：「我不能。」

「為什麼不能？寵物貓傷害你了嗎？」獅掌打量著他，但看不到血跡。

「沒有其他的寵物貓。」松星嘟噥道，「只有我。」

獅掌搖著頭，十分困惑：「你只是在假扮寵物貓，以便不被兩腳獸趕跑。」

松星回頭望去。兩腳獸正站在石頭上，她的前掌端著碗。雙眼注視著他們。「她不會把我趕跑的。」他說，「她喜歡我。」

獅掌懷疑地凝視著松星：「但你是我們的族長！你不可能是兩腳獸的朋友！」

「那我就不能當你們的族長了。」松星低聲說，「對不起，獅掌。我如此地努力，還是無法讓部族安全。我太老了，太擔心再一次在任何戰爭中失敗。陽落將會是比我更好的族長。告訴雷族，就說我死了。」

獅掌感到怒火中燒：「不！我不會為你撒謊！或許你不想再當我們的族長了，但至少也要有勇氣親自告訴族貓吧！他們應該瞭解真相，是你逃離了，變成了寵物貓！」

他迅速轉身，爬過柵欄。他聽到松星跟了上來，那隻兩腳獸聲音尖銳地大喊起來。「我保證，我會回來的！」松星站在柵欄頂端說道，然後便跟著獅掌跳了下去。

他們跑向森林。獅掌心頭一直很不安，不知道陽光岩發生什麼事了。畫眉毛的隊伍是否足以把河族的入侵者趕出去？松星會為他的族貓進行最後一戰嗎？他們來到峽谷，往下跳去。金雀花隧道在顫動，似乎有幾隻貓剛從那裡鑽過。空地上擠滿了戰士和見習生，其中一些貓已經被抓傷流血，有些貓走路變得一瘸一跛。

巫醫羽鬚嘴巴正含著一片金盞花葉追著白掌。「只要你乖乖地休息一會兒，我就有時間把它們敷在你的傷上。」巫醫氣喘吁吁，因為叼著藥草而聲音含糊，「然後再去照顧其他的貓。」

「那就先去治療他們吧！」白掌拒絕道，「那東西很刺！」當貓群注意到松星時，一個個都安靜下來。等所有的貓都閉上嘴巴後，陽落走上前，他的一隻耳朵被撕裂了，正在流血。「你到哪裡去了，松星？」雷族副族長問。

松星沒有立刻回答，反問道：「你們贏了嗎？」

陽落點點頭。「我們已經把那些魚臉傢伙遠遠擊退到河的另一邊，雖然他們還佔有陽光岩，但是我們會再奪回來，起碼這段時間他們也不敢越界半步。」

「很好，」松星喵嗚道，接著緩步穿過空地，攀上高聳岩。「所有能夠自行狩獵的成年貓都到這裡集合，我有事情宣佈！」

部族的大部分成員已經站在空地上了，他們轉身對著高聳岩，然後坐下來。獅掌和白掌、藍毛站在一起。

「我幾乎把一名河族戰士給撕裂了！」她自豪地低聲說道。

獅掌抬頭看向松星。他知道族長要說什麼，這種感覺太奇怪了，他的耳朵裡在充血嘶嗚，沒有聽清楚族長的開場白。

「我已經將八條命獻給了雷族——每一條命都是我心甘情願奉獻，但我還沒準備賠上這第九條命。」

周圍發出震驚之聲。陽落一言不發。接著，松星再次開口了。

「雷族族貓們，」松星開口說道，他的聲音回盪在安靜的空地上，直至字字句句隱沒在山林岩間。「我不能再擔任族長了。從現在起，我將離開部族，在兩腳獸的地盤和主人一起生活。」

「其他部族或許不會懂，」陽落警告著，「你知道你可能因此再也無法返回森林。」

松星裝出一副氣惱的頑皮神情。「喔，我可以想像他們會如何說我，每位族長可能會在戰士守則多加上一條：所有真正的戰士都應該不屑寵物貓安逸的生活。陽落，我相信你有領導雷族，讓它和以往一樣強大的能力。我身為族長的最後一件任務就是將部族交到你手裡，而且我對你有信心。」

陽落點頭應允。「我很榮幸，松星。我一定會全力以赴。」

豹足跨步上前。「松星，我們的小貓怎麼辦？你不留下來看著他們長大嗎？」她望著身旁那三隻幼小的貓咪點點頭。一聽到松星的宣布，她馬上將他們連哄帶騙地帶出育兒室。

那兩隻小母貓眼神呆滯地一個勁兒跌落在地上，而小虎蓬鬆毛髮下的肩膀已甚是寬厚有力，他猛撲向父親的尾巴。

松星輕輕地將他拖開。「他們有妳就已經足夠了，豹足。我雖然不是一個值得他們驕傲的父親，不過我永遠以他們為榮。特別是你，小戰士。」他又說道，彎下身，用鼻頭磨蹭那暗褐色小虎斑貓的耳朵。

「要勇敢，我的寶貝兒子。」松星輕聲說，「好好效忠部族。」

松星繼續走過空地。走到獅掌身旁時，再次停下腳步。

「謝謝你。」他說，「你說得對，我必須親自告訴族貓們。換成其他方式的話，對他們、或對你都不公平。你很有氣魄，小傢伙。等到你被授予戰士名的時候，告訴陽落，我要將你命名為獅心。」

他點點頭，接著輕輕地踏入金雀花隧道，消失在盡頭。

獅掌望著他。直到金雀花叢不再搖晃。

願星族永遠照亮你前行的道路，他對過去的族長低聲說道。也願我能對得起我的戰士名號。

獅心。

心的轉變：沙暴的話

如果火心只是一隻寵物貓，那他會背著藍星去找高星，趕在戰爭開始前，想辦法加以阻止嗎？他是否因為相信自己所做的是對部族最有益的事，而寧願失去藍星的信任？包括白風暴和金花在內的眾多族貓會支持他嗎？

塵毛一遍遍地告訴我，火心永遠無法成為一名真正的部族戰士，因為他不是一隻在森林裡出生的貓。他屬於兩腳獸，他們給他餵食那種像兔屎般的垃圾食物，還給他繫上了一條項圈！

剛到雷族時，他是如此地努力。訓練中，他總是表現得最好，狩獵的獵物也最多，參加大集會時，他最為認真莊重。塵毛和我永遠無法理解，灰紋為何會成為他的朋友，他似乎不懂什麼是樂趣。

他還總是製造麻煩！例如帶著烏掌離開。儘管火心說烏掌失蹤時，他不知道發生了些什麼，但我親眼看到他們溜出了營地。他似乎總是在做激怒虎爪的事。但現在看來，他是正確的，虎爪卻是混在我們中間的最大的敵貓。一隻寵物貓會有能力做出判斷來嗎？甚至直到虎爪試圖殺害藍星之前，藍星都沒有意識到虎爪的計畫。

也許是因為火心是一隻寵物貓。他不僅僅只是接受戰士守則，他還會思考，想清楚它是如何發揮作用的。但戰士守則也有失效的時候，例如，火心本該遵守族長下達的命令攻擊風族，但他卻對此發起挑戰，做了別的事情。祖先怎麼做，我們就照著學，這是不是族貓的弱點呢？

塵毛堅持認為火心不屬於雷族，戰士守則裡說，我們拒絕寵物貓。但守則並不是那樣告訴我的。守則裡說，我們必須拒絕的，是寵物貓所過的那種生活，而不是寵物貓本身。火心已經做到了這一點，不是嗎？他一開始的確是隻寵物貓，但他選擇拋下一切，加入雷族。

如果非要讓我在塵毛和火心之間選擇族長的話，我會選誰呢？塵毛是那麼忠於戰士守則，從來沒有違背過它。其他的部族會因此而尊重他，這能使他們與我們的關係更為平和。不管在雷族內，還是雷族外，只要火心認為某隻貓做得不對，他就會和任何貓發生爭執。我可不希望生活在一個總是處於交戰狀態的部族中。

但火心不會去打一場他不信任的戰鬥。這正是他和高星交談，勸他不要帶領他的戰士們在藍星發動邊界襲擊時投入戰鬥的原因。這意味著高星一定尊重而信賴火心，因為他在此之前一直對藍星很友好。

也許寵物貓比我們更瞭解我們自己。也許當局者迷，旁觀者清——例如火心就非常清楚虎爪的真面目。我很好奇，他是否能看到我內心的真實想法呢？不管塵毛怎麼說，儘管火心違背了戰士守則，我還是比愛任何貓都更愛他。

如果他知道的話，他也會愛我嗎？

葉池的話：沒有成為戰士守則的規則

不是提出的每一條規則都會被所有的部族接受。這是公平且可以理解的，任何規則都要得到全部部族的同意，才能成為守則的一部分。

你是否清楚，曾經有貓提議說，只有純粹的森林正統貓才能成為部族成員呢？寵物貓、無賴貓和獨行貓都不允許享受部族生活，那些已經生活在部族中的貓則要被勸離。

我知道，你以為這是影族族長提出來的，但實際上，這是風族的羽星提出的。在一個艱難的禿葉季之後，當只有最敏捷的戰士才能在高沼地抓到那些跑得飛快的獵物時，她將部族挨餓的責任歸咎於那些沒有比兔子速度還快的貓。

她看著其他部族努力狩獵充足的新鮮獵物，相信只有生於部族的貓，才能照顧好自己和他們的族貓。雷族的日星跟她爭得最為激烈。

有傳言說，他的祖先中有寵物貓，其實並沒有。他只是認為，如果他們不得不清理那些生於森林之外的貓，所有的部族都可能被削弱。對族貓的忠誠始終是戰士守則的核心，羽星的提議會使族貓間彼此反目，因為某些貓會聲稱，自己對一些他們其實無法掌控的東西具有優勢。

日星堅持認為，只要一隻貓忠於他的部族，他就應該留下來。

在那之後不久，鷹星的繼任者知更星便提出，部族應該只食用他們最善於狩獵的獵物：河族的魚，天族的鳥，風族的兔子等等。

這一提議卻遭到了所有部族的抗議。天族狩獵場所內所有的鳥都不大可能會生病致死，哪怕是在最寒冷的禿葉季節，但大家都知道，魚、兔子和雷族的松鼠都會在貓中傳播疾病，或是造成獵物數量大幅下降的那些病。

而且，當獵物誤闖領地後，每個部族都希望有機會嘗一嘗不同種類的新鮮獵物。不過，沒有哪個部族對河族那滑溜溜的魚感興趣！

河族的鴿星想要增加的規則是：每隻部族貓都必須感謝星族控制著部族的生命；否認戰士祖靈的存在或力量將是違背守則。這一條也沒成為戰士守則的一部分，你是不是感到很驚訝？

但是，成為部族貓並非要被迫相信什麼。你知道的，我們可以自己思考！也沒有硬性規定你必須一直留在部族內。只要有貓感到不可相信戰士守則，或是不忠於他們的族貓，就可以在任何時候離開。

只要我們還相信星族，了解他們對我們生活產生的影響，接受戰士守則就很簡單，忠誠於部族也就自然得如同呼吸。你不能強求每一隻貓忠誠。否則，結果將會比讓他們真實地選擇不同的生活道路要糟糕得多。

尾聲：葉池的話

現在你已經聽過關於戰士守則的整個歷史了，舒展一下你的四肢吧，你已經坐了很長一段時間。我希望貓頭鷹羽毛當坐墊能讓你感到舒適。

讓我送你們回到領地邊緣，我也需要呼吸一點新鮮的空氣。

感謝你的傾聽，也許你更了解我們的生活方式了。正如你聽到過的故事，我們並非總是完美，但我們對戰士祖靈充滿信賴。戰士守則與我們的心跳與皮膚下流動的血液共存著。

我們死去以後，孩子或孩子的孩子，都會繼續遵守守則，直到永遠。只要星族願意，部族的守則即是永恆，直到森林和湖邊化作塵埃，我們的狩獵領地不復存在。

國家圖書館出版品預編目資料

荒野手冊. Ⅲ, 守則解密 / 艾琳・杭特著 ; 古倫譯.
-- 初版. -- 臺中市：晨星, 2014.05

面；　公分. -- (貓戰士；33)

譯自：Warriors field guide : Code of the clans

ISBN 978-986-177-817-4（平裝）

874.59　　　　102027877

貓戰士荒野手冊之III **Field Guide**

守則解密 Code of the Clans

作者	艾琳・杭特（Erin Hunter）
譯者	古倫
責任編輯	郭玟君
校對	鄭乃瑄
封面設計	王志峯
創辦人	陳銘民
發行所	晨星出版有限公司 407台中市西屯區工業30路1號1樓 TEL：04-23595820　FAX：04-23550581 行政院新聞局局版台業字第2500號
法律顧問	陳思成律師
初版	西元2014年05月15日
再版	西元2023年09月30日（四刷）
讀者訂購專線	TEL：（02）23672044 /（04）23595819#212
讀者傳真專線	FAX：（02）23635741 /（04）23595493
讀者專用信箱	service@morningstar.com.tw
網路書店	https://www.morningstar.com.tw
郵政劃撥	15060393（知己圖書股份有限公司）
印刷	上好印刷股份有限公司

定價250元

（缺頁或破損的書，請寄回更換）

ISBN 978-986-177- 817-4

Warriors Series: Field Gulde 3：Code of the clans

填回您的讀後感言即可獲贈貓戰士會員卡

請告訴我們您最喜歡哪一隻貓戰士?為什麼?

我最喜歡：

姓　名		職 業：	性 別：□男 □女
通訊電話		生 日：西元　　年　　月　　日	
通訊地址	□□□		
電子信箱			

你通常怎麼買書：□自己去書店買 □自己上網站買 □請爸媽買
□在學校買 □用傳真 □其他＿＿＿＿＿＿

如果您想將《貓戰士》介紹給您的朋友，請務必填寫下列資料，我們將免費寄送貓戰士電子報或刊物給您的朋友，請他與您分享閱讀的喜樂。

姓　名：	年 齡：	電 話：
通訊地址：□□□		
電子信箱：		
姓　名：	年 齡：	電 話：
通訊地址：□□□		
電子信箱：		

謝謝您購買貓戰士，也歡迎您到貓戰士部落格及討論區，與其他貓迷分享你的閱讀心情!

請填妥後對折裝訂，直接投郵即可，免貼郵票。

廣告回函
台灣中區郵政管理局
登記證第267號
免貼郵票

407

台中市工業區30路1號

晨星出版有限公司

TEL：（04）23595820　　FAX：（04）23550581

e-mail：service@morningstar.com.tw

http://www.morningstar.com.tw

請沿虛線摺下裝訂，謝謝！

貓戰士會員卡

趕快加入貓戰士讀友會，即能享有購書優惠、限定商品、最新訊息等會員專屬福利。

1. 寄回此回函可獲「貓戰士VIP卡」一張
2. 貓戰士網站http://warriors.morningstar.com.tw/
3. 貓戰士部落格http://warriorcats.pixnet.net/blog